W9-BLZ-734

Classiques Larousse

Collection fondée par Félix Guirand, agrégé des lettres

Beaumarchais

Le Barbier de Séville
ou
la Précaution inutile

comédie

DISCARDED

Édition présentée, annotée et commentée
par
PIERRE TESTUD
agrégé des lettres

LAROUSSE

DISCARDED

© Larousse-Bordas 1996, pour la présente édition.
© Larousse 1992.
ISSN 0297-4479.
ISBN 2-03-871031-1.

Sommaire

Un homme d'affaires passionné de théâtre

Les années de jeunesse

24 janvier 1732
Naissance de Pierre Augustin Caron, à Paris. Son père est un horloger d'origine protestante.

1742 - 1745
Il est pensionnaire dans une école professionnelle d'Alfort, aujourd'hui Maisons-Alfort (près de Paris).

1745 - 1753
Il travaille dans l'atelier de son père. Quelques incartades, ou amourettes imprudentes, lui valent d'être chassé de la maison. Il doit, pour y revenir, faire acte écrit de soumission.

Mᵐᵉ de Pompadour.
Peinture de F. H. Drouais.

Les débuts dans le monde

1753 - 1754
Il invente tout un mécanisme d'horlogerie (un « échappement », mot qui désigne ce qui transmet le mouvement du ressort). Mais Jean Lepaute, « horloger du roi », revendique cette invention. Une polémique s'ensuit. L'Académie des sciences tranche en faveur du fils Caron. Le roi Louis XV et Mᵐᵉ de Pompadour lui passent commande. Il est introduit à la Cour.

1755

Il fait la connaissance de Franquet, « contrôleur de la bouche » à la Cour (chargé de surveiller les mets présentés sur la table du roi). Vieux, malade, Franquet vend sa charge à Pierre Augustin.

1756

Mort de Franquet et mariage de Pierre Augustin avec sa veuve, onze mois plus tard.

1757

Il ajoute à son nom celui de Beaumarchais (du nom d'une terre de sa femme). Mais le voici bientôt veuf (en septembre), « nu » et « accablé de dettes », selon ses termes.

1758

Connaissance du financier Charles Guillaume Le Normant d'Étiolles (mari de Mme de Pompadour). Beaumarchais est par lui introduit dans le monde des affaires, et il s'initie au théâtre en écrivant, pour les divertissements du château d'Étiolles, des « parades » (voir p. 229). Cette activité durera au moins jusqu'en 1765.

Le Château d'Étiolles.
Peinture d'Orazio Grevenbroeck (milieu du XVIIIe siècle).
Musée Carnavalet, Paris.

1759
Ses talents de musicien le font apprécier de Mesdames, filles du roi : il est leur professeur de harpe.

Il fait la connaissance de Joseph Pâris-Duverney, l'un des financiers les plus importants de l'époque, chargé des fournitures aux armées royales.

L'essor de l'homme d'affaires

1760
Ses relations à la Cour permettent à Beaumarchais de rendre service à Pâris-Duverney, qui veut intéresser le roi à la création d'une école militaire. En retour, celui-ci l'associe à ses affaires. C'est le début de la fortune de Beaumarchais. Il peut ainsi s'acheter deux charges, dont une de « secrétaire du Roi » (qui l'anoblit).

1763
Il travaille sur son premier drame (voir p. 228), *Eugénie,* commencé peut-être dès 1759.

1764 - 1765
Voyage en Espagne, à Madrid. Selon Beaumarchais, il s'agit de défendre l'honneur de sa sœur Lisette, repoussée par son fiancé, Clavijo. En fait, le but du voyage est surtout de conclure des affaires pour Pâris-Duverney (vraisemblablement dans le commerce des esclaves noirs vers la Louisiane). Il rentre à Paris au printemps et revend sa charge de secrétaire du Roi.

1766
En association avec Pâris-Duverney, il est administrateur de la forêt de Chinon.

Les débuts dans la carrière théâtrale

1767
Première représentation d'*Eugénie* à la Comédie-Française. La pièce est mal accueillie. Beaumarchais refait les deux

derniers actes et obtient dès lors un succès honorable.

1768
Deuxième mariage de Beaumarchais avec une riche veuve.

1770
Représentation et échec d'un deuxième drame, *les Deux Amis.* Pâris-Duverney meurt; son neveu et légataire universel La Blache conteste l'acte réglant les comptes entre le financier et Beaumarchais. Ainsi débute un long et retentissant procès (il ne s'achèvera qu'en 1778). En novembre meurt Mme de Beaumarchais.

Les années du *Barbier de Séville*

1772
Rédaction du *Barbier de Séville,* sous forme de parade, puis d'opéra-comique (voir p. 229), que le Théâtre-Italien refuse.

1773
Une dispute avec son ami le duc de Chaulnes, à propos d'une femme, vaut à Beaumarchais un emprisonnement de trois mois dans la prison parisienne de For-l'Évêque.

Le magistrat Goëzman est nommé rapporteur du procès La Blache auprès du parlement de Paris. Son compte rendu est défavorable à Beaumarchais. Dès lors, le procès La Blache se transforme en « affaire Goëzman », le magistrat étant soupçonné de corruption. Pour sa défense, Beaumarchais publie trois *Mémoires,* où il attaque avec esprit son ennemi. Le succès de ces textes renverse la situation au profit de Beaumarchais.

1774
Publication d'un quatrième *Mémoire* contre Goëzman, qui rend Beaumarchais célèbre un peu partout en Europe. Il est chargé de missions secrètes en Angleterre (il s'agit de récupérer des manuscrits compromettants pour la Cour et la famille royale). La deuxième mission, émaillée d'épisodes rocambolesques, le conduit aussi en Hollande et en Autriche.

1775

Première représentation du *Barbier de Séville* le 23 février.

Nouvelle mission en Angleterre, auprès du chevalier d'Éon, agent secret de Louis XV et détenteur de documents compromettants.

L'aide aux « insurgés » d'Amérique

1776

Beaumarchais soutient activement la cause des « insurgés » (indépendantistes) d'Amérique. Il obtient de Vergennes, ministre des Affaires étrangères, un million de livres pour financer une expédition secrète de secours et fonde à cet effet une maison de commerce : « Roderigue Hortalez et Cie ».

1777

L'activité de Beaumarchais se concentre sur l'envoi de fournitures aux Américains. Il adresse divers mémoires aux ministres, sur ce sujet et quelques autres.

Le Port de Boston pendant la guerre d'indépendance.
Gravure parue dans l'*Histoire de France* de Guizot.

Début du conflit entre Beaumarchais et les Comédiens-Français, à propos des droits d'auteur. Il fonde la Société des auteurs dramatiques.

Les années du *Mariage de Figaro*

1778
Poursuite des négociations avec les comédiens. Fin du procès La Blache et de l'« affaire Goëzman », à l'avantage de Beaumarchais. Achèvement du *Mariage de Figaro*.

1780
Il se lance dans l'édition des œuvres complètes de Voltaire (mort en 1778), tandis que se poursuit la polémique avec les Comédiens-Français.

1781
Le Mariage de Figaro se heurte à des oppositions de la part de la censure et dans l'entourage du roi. Début de l'« affaire Kornman » (Beaumarchais accepte de défendre publiquement Mme Kornman contre son mari, qui veut la déshériter).

1784
Le 27 avril, après plusieurs passages à la censure, *le Mariage de Figaro* peut enfin être représenté à la Comédie-Française.

1787
Création et grand succès de *Tarare*, opéra philosophique.

Les années de la Révolution

1789
Après de multiples rebondissements dans l'« affaire Kornman », Beaumarchais obtient gain de cause contre Bergasse (l'avocat de Kornman, contre lequel Beaumarchais avait déposé plainte en 1788 pour diffamation), mais il est discrédité auprès du public. Des soupçons pèsent sur l'origine de sa fortune. La Révolution

sera une période difficile pour lui, sa femme et sa fille. Épris de justice et de liberté, il est effrayé par les débordements populaires et les bouleversements politiques.

1790
Rédaction de *la Mère coupable* (drame conçu comme la suite du *Mariage de Figaro*).

1792
Représentation de *la Mère coupable*. Début de l'« affaire des fusils » : Beaumarchais veut acheter 60 000 fusils hollandais pour le compte de la Révolution, mais les difficultés s'accumulent. Emprisonné, il échappe de peu aux massacres de Septembre (exécution sommaire d'un millier de prisonniers par les sans-culottes). Il se réfugie à Londres.

1793
Retour en France et nouvel exil à travers l'Europe.

1794
Il est considéré comme un émigré (terme nouveau alors, désignant toute personne ayant cherché refuge à l'étranger pour fuir les événements révolutionnaires). Les fusils de Hollande sont définitivement acquis par les Anglais.

1796
Rayé de la liste des émigrés, il peut enfin revenir en France.

1798
Il rétablit partiellement sa fortune et rédige des mémoires sur des sujets variés (impôt sur le sel, sépulture de Turenne, etc.).

18 mai 1799
Il meurt dans sa maison située près de la Bastille.

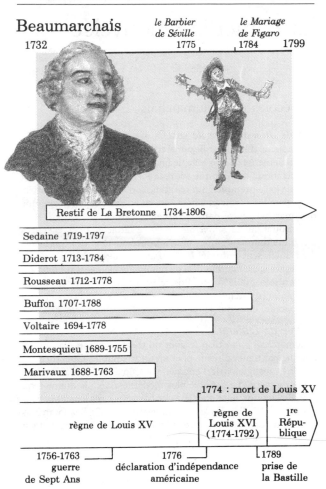

Beaumarchais

1732

*le Barbier
de Séville*
1775

*le Mariage
de Figaro*
1784   1799

Restif de La Bretonne 1734-1806

Sedaine 1719-1797

Diderot 1713-1784

Rousseau 1712-1778

Buffon 1707-1788

Voltaire 1694-1778

Montesquieu 1689-1755

Marivaux 1688-1763

1774 : mort de Louis XV

règne de Louis XV

règne de
Louis XVI
(1774-1792)

1ʳᵉ
Répu-
blique

1756-1763
guerre
de Sept Ans

1776
déclaration d'indépendance
américaine

1789
prise de
la Bastille

La comédie renouvelée

Les écoles de Beaumarchais

L'école du « théâtre de société »

Au château d'Étiolles, Beaumarchais participe activement aux divertissements de son hôte, le financier Le Normant. La société aristocratique de l'époque adore le théâtre, comme spectacle et comme jeu à pratiquer. Sur ces scènes privées, on joue volontiers des « parades » (voir p. 229). C'est en écrivant ce répertoire que Beaumarchais entre dans la carrière théâtrale.

L'inspiration du *Barbier de Séville* se rattache à ces exercices d'écriture dramaturgique ; on a retrouvé en 1965 des fragments d'un manuscrit intitulé *le Sacristain,* « intermède imité de l'espagnol », où figurent déjà de nombreux éléments du *Barbier :* un Bartholo marié à une Rosine et un Lindor cherchant à le supplanter (il y manque cependant Figaro). Cette pièce, sans être une parade, en a plusieurs traits.

L'école de Diderot

Beaumarchais avait trop le goût du théâtre et trop d'ambition pour ne pas tenter d'écrire pour un théâtre public. Quel théâtre ? Le plus prestigieux de l'époque : la Comédie-Française. Quel genre de pièce ? Le genre le plus moderne alors : le drame (voir p. 228). Diderot vient d'en jeter les bases avec ses *Entretiens sur le Fils naturel* (1757) et *De la poésie dramatique* (1758). Beaumarchais aime la modernité et il admire Diderot. Aussi s'engage-t-il sur ses traces en écrivant *Eugénie,* peut-être dès 1759, précédé d'une préface intitulée : *Essai sur le genre dramatique sérieux.* Il y exprime avec clarté et précision l'art poétique de ce nouveau genre théâtral. Les vingt-trois représentations d'*Eugénie* en 1767 sont encourageantes, mais l'échec du drame *les Deux Amis ou le Négociant de Lyon* (1770) détournera durablement Beaumarchais de ce genre, jusqu'à *la Mère coupable,* en 1792.

Le coup de maître : retour à la comédie

Puisque le drame ne conduit pas au succès, il convient d'essayer autre chose. Ce sera un opéra-comique (voir p. 229), où il va pouvoir combiner deux de ses passions : la musique et la comédie.

Le Barbier de Séville, **opéra-comique** : telle est la première version de la pièce, achevée en 1772, mais perdue depuis. On sait seulement que la musique était composée d'airs espagnols et italiens. L'œuvre fut refusée par les comédiens.

Le Barbier de Séville, **comédie en 4 actes** : Beaumarchais transforme son opéra-comique en comédie. Il semble bien que, tout en conservant l'intrigue, il ait réécrit son texte, destiné cette fois aux Comédiens-Français. Dès 1773, la pièce est prête, acceptée. Hélas! les « affaires » de Chaulnes et Goëzman font par deux fois différer la première représentation.

Le Barbier de Séville, **comédie en 5 actes** : ces contretemps sont mis à profit pour des retouches, dont l'ampleur va jusqu'à grossir la pièce d'un acte supplémentaire. Représentée enfin le 23 février 1775, elle essuie un échec complet.

Le Barbier de Séville, **comédie en 4 actes** : selon son habitude, Beaumarchais réagit aussitôt. Il se « met en quatre pour ramener le public » *(Lettre modérée).* Dès le 26 février, une nouvelle version en 4 actes est prête : cette deuxième représentation est un succès. Admirable redressement de situation, dû à la vivacité d'esprit, à l'habileté du dramaturge, mais aussi au respect que celui-ci porte au jugement du public : l'écriture théâtrale reste toujours pour Beaumarchais une écriture provisoire, inachevée, tant qu'elle n'a pas subi l'épreuve de la représentation.

En guise de programme

Une intrigue toute simple...

Beaumarchais résume ainsi l'intrigue dans sa *Lettre modérée* : « Un vieillard amoureux prétend épouser demain sa pupille, un jeune amant plus adroit le prévient, et ce jour même en fait sa femme, à la barbe et dans la maison du tuteur. »

... mais une action riche en péripéties

Acte premier : sous le balcon de Rosine

Au petit jour, le comte Almaviva, venu de Madrid à Séville, guette sous sa fenêtre à jalousie la belle Rosine (sc. 1). Le hasard le met en présence de son ancien valet, Figaro, devenu barbier à Séville après de multiples mésaventures (sc. 2). Rosine profite de l'ouverture de la jalousie pour laisser tomber un papier dans la rue : c'est un billet pour le comte (sc. 3). Ainsi mis au fait de l'intrigue amoureuse du comte, Figaro renseigne Almaviva sur le vieux Bartholo et son dessein d'épouser sa pupille ; il établit son plan pour introduire l'amant dans la maison (sc. 4).

Tandis que Bartholo part à la recherche de Bazile, maître de musique et homme de confiance (sc. 5), le comte chante, sous le balcon de Rosine, une romance dans laquelle il se présente sous le nom de Lindor (sc. 6).

Acte II : le comte en cavalier ivre

Rosine écrit une lettre à Lindor, en espérant l'aide du bon Figaro (sc. 1). Or le voici justement : il a profité de l'absence de Bartholo pour s'introduire ; il parle en faveur de Lindor et se charge de lui remettre la lettre de Rosine (sc. 2). À son retour, Bartholo, déjà rendu soupçonneux par la disparition du papier tombé dans la rue, découvre que Figaro a mis hors d'état de servir, par ses médications, tous les gens de la maison (sc. 3 et 4). Il s'en prend à eux (sc. 5, 6, 7).

Bazile arrive pour apprendre à Bartholo la présence inquiétante d'Almaviva à Séville et propose d'utiliser la calomnie pour éliminer ce rival (sc. 8). Figaro, caché dans une pièce voisine, a tout entendu et rassure Rosine (sc. 9 et 10).

Mais Bartholo s'aperçoit que Rosine a écrit une lettre en cachette; elle ne réussit pas à se disculper (sc. 11). Il est interrompu par l'arrivée du comte déguisé en cavalier et jouant l'ivresse (sc. 12 et 13). Almaviva essaie vainement de se faire héberger, mais parvient à remettre une lettre à Rosine (sc. 14). Or Bartholo, toujours vigilant, s'est rendu compte du stratagème : il somme Rosine de lui montrer le papier; Rosine ne se tire d'affaire qu'en substituant une lettre de son cousin au billet du comte (sc. 15), puis en s'évanouissant. Laissée seule, elle peut lire ce billet, où on lui conseillait d'avoir une querelle avec son tuteur (sc. 16).

Acte III : le comte en maître de musique

Bartholo se désole et s'étonne de l'humeur querelleuse de Rosine (sc. 1). Arrive le comte, déguisé cette fois en « bachelier licencié », sous le nom d'Alonzo, élève de Bazile; il vient à la place de son maître, malade, pour donner à Rosine sa leçon de musique. Mais la réaction de Bartholo (désireux de voir d'abord Bazile) l'oblige, pour capter la confiance du tuteur, à lui remettre la lettre de Rosine. Convaincu d'avoir un allié dans cet Alonzo, Bartholo va chercher sa pupille pour la leçon de musique (sc. 2).

Rosine, une fois passé la surprise de découvrir Lindor dans Alonzo, peut avoir avec son amant, sous les yeux mêmes de Bartholo, un duo sentimental par le truchement de la musique et du chant (sc. 3 et 4). Figaro paraît afin de raser Bartholo (et détourner son attention des deux amants), mais il est d'abord querellé pour les traitements infligés aux domestiques (sc. 5). Puis Bartholo quitte la pièce pour chercher le nécessaire à raser, se ravise aussitôt, et envoie Figaro, avec les clés (sc. 6 et 7).

Le comte profite d'une brève sortie de Bartholo (sc. 8) pour annoncer à Rosine qu'il viendra le soir même, par la fenêtre ; mais il n'a pas le temps de lui parler de la lettre rendue (sc. 9). Entre-temps, Figaro a réussi à subtiliser la clé de la jalousie (sc. 10).

Survient Bazile, ignorant tout de la situation. Comme chacun a intérêt à son silence, il est renvoyé, stupéfait (sc. 11). Figaro reprend le rasage de Bartholo, tout en essayant de l'empêcher de surveiller les amants, mais le perspicace tuteur finit par découvrir qu'il n'est qu'une dupe (sc. 12). Figaro et le comte se retirent en le traitant de fou (sc. 13) et le laissent totalement désemparé (sc. 14).

Acte IV : *tout est perdu, tout est gagné*
Bartholo presse Bazile d'amener le notaire dès que possible (sc. 1), tandis que Rosine attend impatiemment Lindor (sc. 2). Mais, confrontée par Bartholo à la lettre qu'elle a écrite, elle ne voit plus que perfidie dans la conduite de son amant, et, dans sa colère, révèle le projet de visite nocturne ; elle accepte désormais d'épouser son tuteur. Bartholo sort pour chercher main-forte (sc. 3).

Rosine, accablée, décide d'attendre Lindor pour le confondre (sc. 4). Le voici qui apparaît à la fenêtre avec Figaro (sc. 5). Il réussit à se justifier et lui révèle sa véritable identité (sc. 6). Arrivent alors Bazile et le notaire : le comte les persuade qu'il s'agit de conclure son propre mariage (sc. 7). Quand Bartholo revient, avec alcade et alguazils, il est trop tard : la jeunesse et l'amour ont triomphé de tous les obstacles.

Les personnages

Deux camps sont en présence. D'un côté, le jeune Almaviva, épaulé par un valet actif et dévoué, Figaro. De l'autre, un vieillard, le docteur Bartholo, dont l'auxiliaire, Bazile, est trop vénal pour être un homme de confiance. L'enjeu est Rosine, pupille du docteur : Bartholo la séquestre en attendant de l'épouser. Almaviva cherche à la faire sortir pour l'épouser aussi. Celui-ci veut conquérir, celui-là conserver. On voit bien que la partie n'est pas égale. Elle l'est d'autant moins que Rosine a choisi naturellement le camp de la jeunesse. Quelles que soient la vigilance et la perspicacité du vieux tuteur (et elles sont plusieurs fois efficaces), il doit perdre, parce que le dénouement d'une comédie assure toujours le triomphe de l'amour et de la jeunesse. Des bienséances aussi, car le projet de Bartholo est doublement inconvenant : il l'est moralement parce qu'il abuse de son pouvoir pour tenter de posséder Rosine, et il l'est socialement parce que Rosine est de sang noble (I, 4), donc menacée de mésalliance ; son statut social la destine au contraire au comte Almaviva.

Le titre

Le titre choisi est peu significatif dans la mesure où Figaro n'est qu'accessoirement barbier et n'a pas de lien privilégié avec Séville. Mais ce titre est aussi judicieux : en effet, le barbier au XVIIIe siècle est aussi un auxiliaire médical (« chirurgien et apothicaire » dit Figaro, acte I, sc. 4) ; or, c'est bien par ses fonctions de barbier que Figaro va servir les intérêts du comte : en infligeant certain traitement aux domestiques de Bartholo (II, 4) et en faisant la barbe à leur maître (III, 5 à 10 et 12). De plus, « faire la barbe à quelqu'un » signifie également « se moquer de quelqu'un ». Le mot « barbier » renvoie donc à un caractère (rusé, désinvolte) autant qu'à un métier. Enfin, s'il est vrai que Figaro n'est pas plus de Séville que de la Castille, de la Manche ou de l'Andalousie (I, 2), Séville est le lieu théâtral choisi par Beaumarchais pour donner à sa pièce une couleur espagnole, affichée dans le titre même pour attirer le spectateur par une promesse de dépaysement.

Illustration pour une édition du XIXᵉ siècle
du *Barbier de Séville*.

Ce titre met au premier plan le personnage de Figaro. Beaumarchais aurait pu, d'un strict point de vue dramaturgique, privilégier Bartholo (et proposer un titre du genre : « le Tuteur dupé »), ou le comte Almaviva (et le titre aurait pu être : « les Déguisements d'un comte amoureux »). Mais Figaro est son enfant chéri, à la fois parce qu'il est une trouvaille récente et qu'il projette sur lui plusieurs traits de sa personnalité (goût de la musique, esprit inventif et entreprenant).

Il est vrai que ce titre ne dit rien de l'intrigue ; mais ce rôle est dévolu au sous-titre, admirablement complémentaire puisqu'il nous suggère aussi le sens caché dans « barbier » (la précaution est inutile parce que déjouée par plus malin) et laisse donc prévoir l'affrontement comique de la ruse et de la méfiance.

Beaumarchais par Jean-Marc Nattier (1685-1766).
Collection privée.

BEAUMARCHAIS

Le Barbier de Séville
ou
la Précaution inutile

« Et j'étais père et je ne pus mourir ! »
Voltaire, *Zaïre*, acte II

comédie en quatre actes
représentée et tombée[1]
sur le théâtre de la Comédie-Française
aux Tuileries le 23 février 1775

Fortifications mauresques de Séville.
Dessin d'Émile Rouargue (1859).

Note de la page précédente.

1. *Tombée :* qui n'a eu aucun succès.

22

Lettre modérée [1]
sur la chute et la critique
du *Barbier de Séville*

*L'auteur, vêtu modestement et courbé,
présentant sa pièce au lecteur*

MONSIEUR,

J'ai l'honneur de vous offrir un nouvel opuscule [2] de ma façon. Je
souhaite vous rencontrer dans un de ces moments heureux où,
dégagé de soins [3], content de votre santé, de vos affaires, de votre
maîtresse, de votre dîner, de votre estomac, vous puissiez vous
5   plaire un moment à la lecture de mon *Barbier de Séville;* car il faut
tout cela pour être homme amusable et lecteur indulgent.

Mais si quelque accident a dérangé votre santé, si votre état [4]
est compromis, si votre belle a forfait à [5] ses serments, si votre
dîner fut mauvais ou votre digestion laborieuse, ah! laissez mon
10   *Barbier;* ce n'est pas là l'instant; examinez l'état de vos dépenses,
étudiez le *factum* [6] de votre adversaire, relisez ce traître billet

---

1. *Modérée* : écrite avec retenue, sans emportement.
2. *Opuscule* : petit ouvrage. Beaumarchais en avait déjà produit un : l'*Essai sur
le genre dramatique sérieux*, en préface au drame *Eugénie* (1767).
3. *Soins* : soucis.
4. *État* : position sociale.
5. *A forfait à* : a trahi. « Forfaire » signifie littéralement « faire quelque chose
contre son devoir, son honneur ».
6. *Factum* : dans un procès, mémoire établi par les parties, pour l'accusation ou
pour la défense.

surpris à Rose, ou parcourez les chefs-d'œuvre de Tissot[1] sur la tempérance[2], et faites des réflexions politiques, économiques, diététiques[3], philosophiques ou morales.

15 Ou si votre état est tel qu'il vous faille absolument l'oublier, enfoncez-vous dans une bergère, ouvrez le journal établi dans Bouillon[4] avec encyclopédie, approbation et privilège[5], et dormez vite une heure ou deux.

Quel charme aurait une production légère au milieu des plus 20 noires vapeurs? Et que vous importe, en effet, si Figaro le barbier s'est bien moqué de Bartholo le médecin, en aidant un rival à lui souffler sa maîtresse? On rit peu de la gaieté d'autrui, quand on a de l'humeur pour son propre compte.

Que vous fait encore si ce barbier espagnol, en arrivant dans 25 Paris, essuya quelques traverses[6], et si la prohibition de ses exercices a donné trop d'importance aux rêveries de mon bonnet? On ne s'intéresse guère aux affaires des autres que lorsqu'on est sans inquiétude sur les siennes.

Mais enfin tout va-t-il bien pour vous? Avez-vous à souhait

---

1. *Tissot* : médecin célèbre au xviiie siècle (1728-1797), auteur d'ouvrages très répandus comme *De la santé des gens de lettres* (1769) et *Essai sur les maladies des gens du monde* (1770).
2. *Tempérance* : modération dans la satisfaction des désirs, notamment dans le domaine du boire et du manger.
3. *Diététiques* : relatives à la diète (au sens de « régime réglant la consommation alimentaire »).
4. *Bouillon* : allusion au *Journal encyclopédique par une société de gens de lettres*, publié à Bouillon (ville des Ardennes belges) à partir de 1760. Ce journal s'était rangé du côté des ennemis de Beaumarchais dans l'affaire Goëzman et venait d'attaquer *le Barbier de Séville*.
5. *Approbation et privilège* : sous l'Ancien Régime, toute production imprimée était soumise à l'approbation de la censure royale et l'imprimeur pouvait obtenir un privilège (une autorisation) d'exclusivité.
6. *Traverses* : difficultés, obstacles. Allusion aux difficultés rencontrées par Beaumarchais pour faire représenter sa pièce.

30 double estomac, bon cuisinier, maîtresse honnête et repos
imperturbable ? Ah ! parlons, parlons ; donnez audience à mon
Barbier.

Je sens trop, Monsieur, que ce n'est plus le temps où, tenant
mon manuscrit en réserve, et semblable à la coquette qui refuse
35 souvent ce qu'elle brûle toujours d'accorder, j'en faisais quelque
avare lecture à des gens préférés, qui croyaient devoir payer ma
complaisance par un éloge pompeux de mon ouvrage.

Ô jours heureux ! Le lieu, le temps, l'auditoire à ma dévotion,
et la magie d'une lecture adroite assurant mon succès, je glissais
40 sur le morceau faible en appuyant[1] les bons endroits ; puis,
recueillant les suffrages du coin de l'œil avec une orgueilleuse
modestie, je jouissais d'un triomphe d'autant plus doux que le
jeu d'un fripon[2] d'acteur ne m'en dérobait pas les trois quarts
pour son compte.

45 Que reste-t-il hélas ! de toute cette gibecière[3] ? À l'instant qu'il
faudrait des miracles pour vous subjuguer, quand la verge de
Moïse y suffirait à peine, je n'ai plus même la ressource du bâton
de Jacob[4] ; plus d'escamotage, de tricherie, de coquetterie,
d'inflexions de voix, d'illusion théâtrale, rien. C'est ma vertu
50 toute nue que vous allez juger.

Ne trouvez donc pas étrange, Monsieur, si, mesurant mon
style à ma situation, je ne fais pas comme ces écrivains qui se
donnent le ton de vous appeler négligemment *lecteur, ami lecteur,*

---

1. *Appuyant :* soulignant de la voix.
2. *Fripon :* voleur adroit.
3. *Gibecière :* ici, grande poche utilisée par les charlatans pour leurs tours de passe-passe.
4. *Bâton de Jacob :* dans la Bible, Jacob franchit le Jourdain grâce à son bâton ; mais l'expression désignait couramment la baguette des prestidigitateurs. La « verge de Moïse », capable de faire jaillir l'eau du rocher, représente ici un instrument de bien plus grande puissance.

cher lecteur, bénin[1] ou *benoît*[2] *lecteur,* ou de telle autre dénomination
55 cavalière, je dirais même indécente, par laquelle ces imprudents
essayent de se mettre au pair avec[3] leur juge, et qui ne fait bien
souvent que leur en attirer l'animadversion[4]. J'ai toujours vu que
les airs ne séduisaient personne, et que le ton modeste d'un
auteur pouvait seul inspirer un peu d'indulgence à son fier
60 lecteur.

Eh! quel écrivain en eut jamais plus besoin que moi? Je
voudrais le cacher en vain : j'eus la faiblesse autrefois, Monsieur,
de vous présenter, en différents temps, deux tristes drames[5],
productions monstrueuses, comme on sait! Car entre la tragédie
65 et la comédie, on n'ignore plus qu'il n'existe rien; c'est un point
décidé[6], le maître l'a dit, l'école en retentit[7], et pour moi, j'en suis
tellement convaincu, que si je voulais aujourd'hui mettre au
théâtre une mère éplorée, une épouse trahie, une sœur éperdue,
un fils déshérité, pour les présenter décemment au public, je
70 commencerais par leur supposer un beau royaume où ils
auraient régné de leur mieux, vers l'un des archipels[8] ou dans tel
autre coin du monde; certain après cela que l'invraisemblance du
roman[9], l'énormité des faits, l'enflure des caractères, le

---

1. *Bénin* : doux, porté à l'indulgence (dans la langue du XVIIIᵉ siècle).
2. *Benoît* : béni (dans la langue du XVIᵉ siècle). Cet archaïsme est ici employé
pour faire un écho plaisant à « bénin ».
3. *Se mettre au pair avec* : se mettre sur un pied d'égalité avec.
4. *Animadversion* : désapprobation.
5. *Deux tristes drames* : *Eugénie* (1767) et *les Deux Amis* (1770). Ces deux
pièces sont qualifiées de tristes non seulement parce que les drames ne portent
pas à rire, mais parce que Beaumarchais feint ici de les considérer comme
médiocres et fait une allusion à leur insuccès.
6. *C'est un point décidé* : l'échec du *Fils naturel* de Diderot, en 1771, semblait
avoir définitivement condamné le genre du drame.
7. *L'école en retentit* : tout le monde répète et clame les paroles du maître.
8. *L'un des archipels* : allusion à l'archipel grec, berceau de la tragédie.
9. *Roman* : ici, intrigue.

75 gigantesque des idées et la bouffissure du langage, loin de m'être imputés à reproche, assureraient encore mon succès.

Présenter des hommes d'une condition moyenne, accablés et dans le malheur, fi donc! On ne doit jamais les montrer que bafoués. Les citoyens ridicules et les rois malheureux, voilà tout le théâtre existant et possible, et je me le tiens pour dit; c'est fait,
80 je ne veux plus quereller avec personne.

J'ai donc eu la faiblesse autrefois, Monsieur, de faire des drames qui n'étaient pas *du bon genre,* et je m'en repens beaucoup.

Pressé depuis par les événements, j'ai hasardé de malheureux
85 mémoires[1], que mes ennemis n'ont pas trouvés *du bon style,* et j'en ai le remords cruel.

Aujourd'hui, je fais glisser sous vos yeux une comédie fort gaie, que certains maîtres de goût n'estiment pas *du bon ton,* et je ne m'en console point.

90 Peut-être un jour oserai-je affliger votre oreille d'un opéra[2], dont les jeunes gens d'autrefois diront que la musique n'est pas *du bon français,* et j'en suis tout honteux d'avance.

Ainsi, de fautes en pardons, et d'erreurs en excuses, je passerai ma vie à mériter votre indulgence, par la bonne foi naïve avec
95 laquelle je reconnaîtrai les unes en vous présentant les autres.

Quant au *Barbier de Séville,* ce n'est pas pour corrompre votre jugement que je prends ici le ton respectueux; mais on m'a fort assuré que lorsqu'un auteur était sorti, quoique échiné[3], vainqueur au théâtre, il ne lui manquait plus que d'être agréé par
100 vous, Monsieur, et lacéré dans quelques journaux, pour avoir obtenu tous les lauriers littéraires. Ma gloire est donc certaine, si vous daignez m'accorder le laurier de votre agrément, persuadé

---

1. *Mémoires* : les *Mémoires* contre Goëzman, 1773 (voir p. 7).
2. *Opéra* : Beaumarchais écrira le livret d'un opéra *(Tarare)* en 1787. Peut-être songe-t-il déjà à ce projet.
3. *Échiné* : accablé de coups (littéralement : « l'échine rompue »).

que plusieurs de messieurs les journalistes ne me refuseront pas celui de leur dénigrement.

105 Déjà l'un d'eux, établi dans Bouillon avec approbation et privilège, m'a fait l'honneur encyclopédique[1] d'assurer à ses abonnés que ma pièce était sans plan, sans unité, sans caractères, vide d'intrigue et dénuée de comique.

Un autre[2], plus naïf encore, à la vérité sans approbation, sans 110 privilège, et même sans encyclopédie, après un candide exposé de mon drame, ajoute au laurier de sa critique cet éloge flatteur de ma personne : « La réputation du sieur de Beaumarchais est bien tombée ; et les honnêtes gens sont enfin convaincus que, lorsqu'on lui aura arraché les plumes du paon, il ne restera plus 115 qu'un vilain corbeau noir, avec son effronterie et sa voracité. »

Puisqu'en effet j'ai eu l'effronterie de faire la comédie du *Barbier de Séville,* pour remplir l'horoscope entier[3], je pousserai la voracité jusqu'à vous prier humblement, Monsieur, de me juger vous-même, et sans égard aux critiques passés, présents et 120 futurs ; car vous savez que, par état, les gens de feuilles[4] sont souvent ennemis des gens de lettres ; j'aurai même la voracité de vous prévenir qu'étant saisi de mon affaire, il faut[5] que vous soyez mon juge absolument, soit que vous le vouliez ou non, car vous êtes mon lecteur.

125 Et vous sentez bien, Monsieur, que si, pour éviter ce tracas ou me prouver que je raisonne mal, vous refusiez constamment de me lire, vous feriez vous-même une pétition de principe

---

1. *Honneur encyclopédique :* allusion au titre du journal de Bouillon (voir ci-dessus la note 4, p. 24).
2. *Un autre :* il s'agit du rédacteur de *la Correspondance littéraire secrète.* Beaumarchais cite approximativement, ensuite, un passage du numéro du 25 février 1775.
3. *Remplir l'horoscope entier :* réaliser toutes les prédictions (du critique).
4. *Gens de feuilles :* journalistes (expression forgée par Beaumarchais à partir de « gens de lettres »).
5. *Il faut :* il est inévitable.

au-dessous de vos lumières[1] : n'étant pas mon lecteur, vous ne seriez pas celui à qui s'adresse ma requête.

130   Que si, par dépit de la dépendance où je parais vous mettre, vous vous avisiez de jeter le livre en cet instant de votre lecture, c'est, Monsieur, comme si, au milieu de tout autre jugement, vous étiez enlevé du tribunal par la mort ou tel accident qui vous rayât du nombre des magistrats. Vous ne pouvez éviter de me

135 juger qu'en devenant nul, négatif, anéanti, qu'en cessant d'exister en qualité de mon lecteur.

    Eh! quel tort vous fais-je en vous élevant au-dessus de moi? Après le bonheur de commander aux hommes, le plus grand honneur, Monsieur, n'est-il pas de les juger?

140   Voilà donc qui est arrangé. Je ne reconnais plus d'autre juge que vous, sans excepter messieurs les spectateurs, qui, ne jugeant qu'en premier ressort, voient souvent leur sentence infirmée à votre tribunal.

    L'affaire avait d'abord été plaidée devant eux au théâtre, et, ces

145 messieurs ayant beaucoup ri, j'ai pu penser que j'avais gagné ma cause à l'audience. Point du tout, le journaliste établi dans Bouillon prétend que c'est de moi qu'on a ri. Mais ce n'est là, Monsieur, comme on dit en style de palais[2], qu'une mauvaise chicane de procureur : mon but ayant été d'amuser les

150 spectateurs, qu'ils aient ri de ma pièce ou de moi, s'ils ont ri de bon cœur, le but est également rempli; ce que j'appelle avoir gagné ma cause à l'audience.

    Le même journaliste assure encore, ou du moins laisse entendre, que j'ai voulu gagner quelques-uns de ces messieurs

155 en leur faisant des lectures particulières, en achetant d'avance leur suffrage par cette prédilection[3]. Mais ce n'est encore là,

---

1. *Une pétition ... lumières :* un faux raisonnement indigne de votre esprit.
2. *En style de palais :* en style juridique (de palais de justice).
3. *Prédilection :* préférence accordée d'avance.

Monsieur, qu'une difficulté de publiciste allemand[1]. Il est manifeste que mon intention n'a jamais été que de les instruire : c'étaient des espèces de consultations que je faisais sur le fond de
160 l'affaire. Que si les consultants, après avoir donné leur avis, se sont mêlés parmi les juges, vous voyez bien, Monsieur, que je n'y pouvais rien de ma part, et que c'était à eux de se récuser par délicatesse, s'ils se sentaient de la partialité pour mon barbier andalou.
165 Eh! plût au ciel qu'ils en eussent un peu conservé pour ce jeune étranger! Nous aurions eu moins de peine à soutenir notre malheur éphémère. Tels sont les hommes : avez-vous du succès, ils vous accueillent, vous portent, vous caressent, ils s'honorent de vous ; mais gardez de broncher dans la carrière[2] ; au moindre
170 échec, ô mes amis! souvenez-vous qu'il n'est plus d'amis.
Et c'est précisément ce qui nous arriva le lendemain de la plus triste soirée[3]. Vous eussiez vu les faibles amis du *Barbier* se disperser, se cacher le visage ou s'enfuir ; les femmes, toujours si braves quand elles protègent, enfoncées dans les coqueluchons[4]
175 jusqu'aux panaches[5], et baissant des yeux confus ; les hommes courant se visiter, se faire amende honorable[6] du bien qu'ils avaient dit de ma pièce, et rejetant sur ma maudite façon de lire

---

1. *Publiciste allemand :* un publiciste est un juriste spécialisé dans le droit public. Les publicistes allemands avaient grande réputation au XVIIIe siècle. Mais, ici, Beaumarchais fait également allusion à la situation de la ville de Bouillon dans l'Empire germanique et à un texte de Goëzman intitulé « Lettre d'un publiciste allemand à un jurisconsulte français » (1770).
2. *Broncher dans la carrière :* en parlant d'un cheval, trébucher dans l'arène, le champ de courses.
3. *La plus triste soirée :* la soirée de la première représentation du *Barbier,* le 23 février 1775.
4. *Coqueluchons :* capuchons (terme familier).
5. *Panaches :* ornements de plumes surmontant la coiffure.
6. *Se faire amende honorable :* s'avouant les uns aux autres leur faute (d'avoir dit du bien de la pièce) pour en obtenir le pardon.

les choses tout le faux plaisir qu'ils y avaient goûté. C'était une
désertion totale, une vraie désolation[1].

180   Les uns lorgnaient à gauche en me sentant passer à droite, et
ne faisaient plus semblant de me voir[2] : ah! dieux! D'autres, plus
courageux, mais s'assurant bien si personne ne les regardait,
m'attiraient dans un coin pour me dire : « Eh! comment
avez-vous produit en nous cette illusion? car, il faut en convenir,
185 mon ami, votre pièce est la plus grande platitude du monde.

    — Hélas! messieurs, j'ai lu ma platitude, en vérité, tout
platement comme je l'avais faite; mais, au nom de la bonté que
vous avez de me parler encore après ma chute, et pour l'honneur
de votre second jugement, ne souffrez pas qu'on redonne la
190 pièce au théâtre : si, par malheur, on venait à la jouer comme je
l'ai lue, on vous ferait peut-être une nouvelle tromperie, et vous
vous en prendriez à moi de ne plus savoir quel jour vous eûtes
raison ou tort; ce qu'à Dieu ne plaise! »

    On ne m'en crut point; on laissa rejouer la pièce, et pour le
195 coup je fus prophète en mon pays. Ce pauvre Figaro, *fessé* par la
cabale[3] *en faux-bourdon*[4] et presque enterré le vendredi, ne fit
point comme Candide; il prit courage[5], et mon héros se releva le
dimanche[6], avec une vigueur que l'austérité d'un carême entier

---

1. *Désolation* : abandon total (sens étymologique).
2. *Ne faisaient ... voir* : ne semblaient plus me voir.
3. *Cabale* : conspiration contre un ouvrage.
4. *Faux-bourdon* : technique de chant d'église où la basse (le « bourdon ») est
transportée à la partie supérieure (elle devient donc une fausse basse) et
constitue le chant principal.
5. *Ne fit point ... courage* : référence au chapitre vi de *Candide* de Voltaire, où le
héros est « fessé en cadence » au son d'une « belle musique en faux bourdon »,
et au chapitre vii, qui commence par ces mots : « Candide ne prit point
courage ».
6. *Se releva le dimanche* : le dimanche 26 février eut lieu la deuxième
représentation (la pièce étant ramenée à quatre actes), qui remporta un succès
éclatant.

31

et la fatigue de dix-sept séances publiques[1] n'ont pas encore
200 altérée. Mais qui sait combien cela durera ? Je ne voudrais pas
jurer qu'il en fût seulement question dans cinq ou six siècles, tant
notre nation est inconstante et légère !

Les ouvrages de théâtre, Monsieur, sont comme les enfants
des femmes : conçus avec volupté, menés à terme avec fatigue,
205 enfantés avec douleur, et vivant rarement assez pour payer les
parents de leurs soins, ils coûtent plus de chagrins qu'ils ne
donnent de plaisirs. Suivez-les dans leur carrière : à peine ils
voient le jour que, sous prétexte d'enflure, on leur applique les
censeurs ; plusieurs en sont restés en chartre[2]. Au lieu de jouer
210 doucement avec eux, le cruel parterre les rudoie et les fait
tomber. Souvent, en les berçant, le comédien les estropie. Les
perdez-vous un instant de vue, on les trouve, hélas ! traînant
partout, mais dépenaillés, défigurés, rongés d'extraits[3] et
couverts de critiques. Échappés à tant de maux, s'ils brillent un
215 moment dans le monde, le plus grand de tous les atteint ; le
mortel oubli les tue ; ils meurent, et, replongés au néant, les voilà
perdus à jamais dans l'immensité des livres.

Je demandais à quelqu'un pourquoi ces combats, cette guerre
animée entre le parterre et l'auteur, à la première représentation
220 des ouvrages, même de ceux qui devaient plaire un autre jour.
« Ignorez-vous, me dit-il, que Sophocle et le vieux Denys[4] sont
morts de joie d'avoir remporté le prix des vers au théâtre ? Nous

---

1. *Dix-sept séances publiques* : lorsque Beaumarchais écrit ces lignes, en juillet
1775, la pièce a, en effet, été jouée dix-sept fois (entre le 26 février et le 23 mai).
2. *En chartre* : au sens propre, en prison. Mais, au sens figuré, « être en
chartre » signifie « être hâve et anémié » (comme quelqu'un qui ne respire
jamais à l'air libre).
3. *Extraits* : abrégés, sommaires (cf. l. 405, p. 39, « donner l'extrait entier de la
pièce »).
4. Sophocle était un poète tragique grec (v. 495-406 av. J.-C.) ; Denys l'Ancien
(v. 430-367 av. J.-C.) fut tyran de Syracuse et poète.

aimons trop nos auteurs pour souffrir qu'un excès de joie nous prive d'eux en les étouffant; aussi, pour les conserver,
225 avons-nous grand soin que leur triomphe ne soit jamais si pur qu'ils puissent en expirer de plaisir. »

Quoi qu'il en soit des motifs de cette rigueur, l'enfant de mes loisirs, ce jeune, cet innocent *Barbier,* tant dédaigné le premier jour, loin d'abuser le surlendemain de son triomphe, ou de
230 montrer de l'humeur à ses critiques, ne s'en est que plus empressé de les désarmer par l'enjouement de son caractère.

Exemple rare et frappant, Monsieur, dans un siècle d'ergotisme[1], où l'on calcule tout jusqu'au rire; où la plus légère diversité d'opinions fait germer des haines éternelles; où tous les
235 jeux tournent en guerre; où l'injure qui repousse l'injure est à son tour payée par l'injure, jusqu'à ce qu'une autre effaçant cette dernière en enfante une nouvelle, auteur de plusieurs autres, et propage ainsi l'aigreur à l'infini, depuis le rire jusqu'à la satiété, jusqu'au dégoût, à l'indignation même du lecteur le plus
240 caustique.

Quant à moi, Monsieur, s'il est vrai, comme on l'a dit, que tous les hommes soient frères (et c'est une belle idée), je voudrais qu'on pût engager nos frères les gens de lettres à laisser, en discutant, le ton rogue et tranchant à nos frères les libellistes[2],
245 qui s'en acquittent si bien! ainsi que les injures à nos frères les plaideurs..., qui ne s'en acquittent pas mal non plus! Je voudrais surtout qu'on pût engager nos frères les journalistes à renoncer à ce ton pédagogue et magistral avec lequel ils gourmandent les fils d'Apollon[3] et font rire la sottise aux dépens de l'esprit.
250 Ouvrez un journal : ne semble-t-il pas voir un dur répétiteur,

---

1. *Ergotisme* : manie d'ergoter, c'est-à-dire de chicaner, de contester (néologisme de Beaumarchais).
2. *Libellistes* : auteurs de libelles (écrits satiriques ou injurieux).
3. *Les fils d'Apollon* : les poètes.

la férule[1] ou la verge levée sur des écoliers négligents, les traiter en esclaves au plus léger défaut dans le devoir ? Eh ! mes frères, il s'agit bien de devoir ici ! la littérature en est le délassement et la douce récréation.

255 À mon égard au moins, n'espérez pas asservir dans ses jeux mon esprit à la règle : il est incorrigible, et, la classe du devoir une fois fermée, il devient si léger et badin que je ne puis que jouer avec lui. Comme un liège emplumé[2] qui bondit sur la raquette, il s'élève, il retombe, il égaye mes yeux, repart en l'air, y fait la
260 roue, et revient encore. Si quelque joueur adroit veut entrer en partie et ballotter à nous deux le léger volant[3] de mes pensées, de tout mon cœur ; s'il riposte avec grâce et légèreté, le jeu m'amuse et la partie s'engage. Alors on pourrait voir les coups portés, parés, reçus, rendus, accélérés, pressés, relevés même avec une
265 prestesse, une agilité propre à réjouir autant les spectateurs qu'elle animerait les acteurs.

Telle au moins, Monsieur, devrait être la critique, et c'est ainsi que j'ai toujours conçu la dispute entre les gens polis qui cultivent les lettres.

270 Voyons, je vous prie, si le journaliste de Bouillon a conservé dans sa critique ce caractère aimable et surtout de candeur[4] pour lequel on vient de faire des vœux.

« La pièce est une farce », dit-il.

Passons sur les qualités. Le méchant nom qu'un cuisinier
275 étranger donne aux ragoûts français ne change rien à la saveur : c'est en passant par ses mains qu'ils se dénaturent. Analysons la farce de Bouillon.

« La pièce, a-t-il dit, n'a pas de plan. »

---

1. *Férule* : espèce de règle plate, en bois ou en cuir, servant autrefois à frapper les doigts des écoliers fautifs.
2. *Liège emplumé* : volant.
3. *Ballotter ... volant* : nous renvoyer la balle, ou le volant.
4. *Candeur* : ici (comme souvent au XVIIIe siècle), pureté d'âme.

Est-ce parce qu'il est trop simple qu'il échappe à la sagacité de
280 ce critique adolescent?

Un vieillard amoureux prétend épouser demain sa pupille ; un
jeune amant plus adroit le prévient, et ce jour même en fait sa
femme à la barbe et dans la maison du tuteur. Voilà le fond, dont
on eût pu faire, avec un égal succès, une tragédie, une comédie,
285 un drame, un opéra, *et cætera. L'Avare* de Molière est-il autre
chose? Le grand *Mithridate*[1] est-il autre chose? Le genre d'une
pièce, comme celui de toute action, dépend moins du fond des
choses que des caractères qui les mettent en œuvre.

Quant à moi, ne voulant faire, sur ce plan, qu'une pièce
290 amusante et sans fatigue, une espèce *d'imbroille*[2], il m'a suffi que
le machiniste[3], au lieu d'être un noir scélérat, fût un drôle de
garçon, un homme insouciant, qui rit également du succès et de
la chute de ses entreprises, pour que l'ouvrage, loin de tourner en
drame sérieux, devînt une comédie fort gaie ; et de cela seul que
295 le tuteur est un peu moins sot que tous ceux qu'on trompe au
théâtre, il a résulté beaucoup de mouvements dans la pièce, et
surtout la nécessité d'y donner plus de ressorts aux intrigants[4].

Au lieu de rester dans ma simplicité comique, si j'avais voulu
compliquer, étendre et tourmenter mon plan à la manière
300 tragique ou *dramique*[5], imagine-t-on que j'aurais manqué de
moyens dans une aventure dont je n'ai mis en scènes que la
partie la moins merveilleuse?

En effet, personne aujourd'hui n'ignore qu'à l'époque
historique où la pièce finit gaiement dans mes mains, la querelle

---

1. *Le grand « Mithridate » : Mithridate,* la tragédie de Racine (1673).
2. *Imbroille :* imbroglio (la forme francisée et la forme italienne du mot sont
employées concurremment au XVIIIe siècle).
3. *Le machiniste :* celui qui met au point les « machines » (les intrigues, les
ruses) ; il s'agit bien sûr de Figaro.
4. *Intrigants :* ceux qui préparent des intrigues contre Bartholo.
5. *Dramique :* qui relève du drame sérieux (néologisme de Beaumarchais pour
éviter l'équivoque de « dramatique »).

305 commença sérieusement à s'échauffer, comme qui dirait derrière
la toile, entre le docteur et Figaro, sur les cent écus. Des injures,
on en vint aux coups. Le docteur, étrillé par Figaro, fit tomber, en
se débattant, *le rescille* ou filet qui coiffait le barbier, et l'on vit,
non sans surprise, une forme de spatule imprimée à chaud sur sa
310 tête rasée. Suivez-moi, Monsieur, je vous prie.

À cet aspect, moulu de coups qu'il est, le médecin s'écrie avec
transport : « Mon fils! ô ciel, mon fils! mon cher fils!... » Mais
avant que Figaro l'entende, il a redoublé de horions[1] sur son cher
père. En effet, ce l'était.

315 Ce Figaro, qui pour toute famille avait jadis connu sa mère, est
fils naturel de Bartholo. Le médecin, dans sa jeunesse, eut cet
enfant d'une personne en condition[2], que les suites de son
imprudence firent passer du service au plus affreux abandon.

Mais avant de les quitter, le désolé Bartholo, frater[3] alors, a fait
320 rougir sa spatule; il en a timbré son fils à l'occiput, pour le
reconnaître un jour, si jamais le sort les rassemble. La mère et
l'enfant avaient passé six années dans une honorable mendicité,
lorsqu'un chef de bohémiens, descendu de Luc Gauric[4],
traversant l'Andalousie avec sa troupe, et consulté par la mère
325 sur le destin de son fils, déroba l'enfant furtivement, et laissa par
écrit cet horoscope à sa place :

Après avoir versé le sang dont il est né,
Ton fils assommera son père infortuné.
Puis, tournant sur lui-même et le fer et le crime,
330 *Il se frappe, et devient heureux et légitime.*

---

1. *Horions* : coups.
2. *Personne en condition* : domestique.
3. *Frater* : frère (mot latin); le mot, originellement employé pour désigner les
moines, s'appliquait aussi, par dérision, aux apprentis chirurgiens.
4. *Luc Gauric* : prélat italien (1476-1558) qui s'était fait une grande réputation
d'astrologue.

En changeant d'état sans le savoir, l'infortuné jeune homme a changé de nom sans le vouloir; il s'est élevé sous celui de Figaro; il a vécu. Sa mère est cette Marceline, devenue vieille et gouvernante chez le docteur, que l'affreux horoscope de son fils
335 a consolé de sa perte. Mais aujourd'hui, tout s'accomplit.

En saignant Marceline au pied, comme on le voit dans ma pièce, ou plutôt comme on ne l'y voit pas[1], Figaro remplit le premier vers :

Après avoir versé le sang dont il est né.

340 Quand il étrille innocemment le docteur, après la toile tombée, il accomplit le second vers :

Ton fils assommera son père infortuné.

À l'instant, la plus touchante reconnaissance a lieu entre le médecin, la vieille et Figaro : *C'est vous! c'est lui! c'est toi! c'est moi!*
345 Quel coup de théâtre[2]! Mais le fils, au désespoir de son innocente vivacité, fond en larmes, et se donne un coup de rasoir, selon le sens du troisième vers :

Puis, tournant sur lui-même et le fer et le crime,
Il se frappe, et...

350 Quel tableau! En n'expliquant point si, du rasoir, il se coupe la gorge ou seulement le poil du visage, on voit que j'avais le choix de finir ma pièce au plus grand pathétique[3]. Enfin, le docteur épouse la vieille, et Figaro, suivant la dernière leçon,

... devient heureux et légitime.

355 Quel dénouement! Il ne m'en eût coûté qu'un sixième acte! Et quel sixième acte! Jamais tragédie au Théâtre-Français... Il suffit.

---

1. *Comme on ne l'y voit pas :* Marceline est mentionnée dans la pièce (II, 4), mais n'apparaît pas. Elle sera plus tard un personnage du *Mariage de Figaro*.
2. *Quel coup de théâtre!* : ce coup de théâtre figurera dans *le Mariage de Figaro* (III, 16).
3. *Au plus grand pathétique :* de la manière la plus pathétique.

Reprenons ma pièce en l'état où elle a été jouée et critiquée. Lorsqu'on me reproche avec aigreur ce que j'ai fait, ce n'est pas l'instant de louer ce que j'aurais pu faire. « La pièce est
360 invraisemblable dans sa conduite », a dit encore le journaliste établi dans Bouillon avec approbation et privilège.

Invraisemblable? Examinons cela par plaisir.

Son Excellence M. le comte Almaviva, dont j'ai, depuis longtemps, l'honneur d'être ami particulier, est un jeune
365 seigneur, ou, pour mieux dire, était, car l'âge et les grands emplois en ont fait depuis un homme fort grave, ainsi que je le suis devenu moi-même. Son Excellence était donc un jeune seigneur espagnol, vif, ardent, comme tous les amants de sa nation, que l'on croit froide et qui n'est que paresseuse.

370 Il s'était mis secrètement à la poursuite d'une belle personne qu'il avait entrevue à Madrid, et que son tuteur a bientôt ramenée au lieu de sa naissance. Un matin qu'il se promenait sous ses fenêtres à Séville, où, depuis huit jours, il cherchait à s'en faire remarquer, le hasard conduisit au même endroit Figaro
375 le barbier. — Ah! le hasard, dira mon critique, et si le hasard n'eût pas conduit ce jour-là le barbier dans cet endroit, que devenait la pièce? — Elle eût commencé, mon frère, à quelque autre époque. — Impossible, puisque le tuteur, selon vous-même, épousait le lendemain[1]. — Alors il n'y aurait pas eu
380 de pièce; ou, s'il y en avait eu, mon frère, elle aurait été différente. Une chose est-elle invraisemblable, parce qu'elle était possible autrement?

Réellement vous avez un peu d'humeur. Quand le cardinal de Retz[2] nous dit froidement : « Un jour j'avais besoin d'un homme;

---

1. *Le lendemain* : voir I, 5 et 6.
2. *Le cardinal de Retz* : Paul de Gondi, cardinal de Retz (1613-1679), l'un des acteurs de la Fronde, écrivit ses *Mémoires* sur cette période de l'histoire de France. Beaumarchais paraphrase ensuite, plus qu'il ne cite, un passage de la seconde partie des *Mémoires*.

385 à la vérité, je ne voulais qu'un fantôme; j'aurais désiré qu'il fût petit-fils de Henri le Grand[1]; qu'il eût de longs cheveux blonds; qu'il fût beau, bien fait, bien séditieux; qu'il eût le langage et l'amour des Halles[2] : et voilà que le hasard me fait rencontrer à Paris M. de Beaufort[3], échappé de la prison du Roi; c'était

390 justement l'homme qu'il me fallait. » Va-t-on dire au coadjuteur[4] : « Ah! le hasard! Mais si vous n'eussiez pas rencontré M. de Beaufort? Mais ceci, mais cela...? »

Le hasard donc conduisit en ce même endroit Figaro le barbier, beau diseur, mauvais poète, hardi musicien, grand fringueneur

395 de guitare[5], et jadis valet de chambre du comte; établi dans Séville, y faisant avec succès des barbes, des romances et des mariages; y maniant également le fer du phlébotome[6] et le piston[7] du pharmacien; la terreur des maris, la coqueluche des femmes, et justement l'homme qu'il nous fallait. Et comme en

400 toute recherche ce qu'on nomme passion n'est autre chose qu'un désir irrité par la contradiction, le jeune amant, qui n'eût peut-être eu qu'un goût de fantaisie pour cette beauté s'il l'eût rencontrée dans le monde, en devient amoureux parce qu'elle est enfermée, au point de faire l'impossible pour l'épouser.

405 Mais vous donner ici l'extrait entier de la pièce, Monsieur, serait douter de la sagacité, de l'adresse avec laquelle vous saisirez le dessein de l'auteur, et suivrez le fil de l'intrigue, en la

---

1. *Henri le Grand :* Henri IV.
2. *Des Halles :* c'est-à-dire du peuple.
3. *M. de Beaufort :* petit-fils d'Henri IV, surnommé « le roi des Halles ».
4. *Coadjuteur :* Retz était le coadjuteur (l'auxiliaire) de l'archevêque de Paris.
5. *Fringueneur de guitare :* musicien qui sautille ou se trémousse en jouant de son instrument (néologisme de Beaumarchais formé sur « fringuer », sautiller, se trémousser).
6. *Phlébotome :* littéralement, « coupe-veine »; ici, la lancette (le bistouri) du chirurgien.
7. *Piston :* instrument pour donner des lavements.

lisant. Moins prévenu que le journal de Bouillon, qui se trompe, avec approbation et privilège, sur toute la conduite de cette
410 pièce, vous verrez que *tous les soins de l'amant* ne *sont* pas *destinés à remettre simplement une lettre,* qui n'est là qu'un léger accessoire à l'intrigue, mais bien à s'établir dans un fort défendu par la vigilance et le soupçon, surtout à tromper un homme qui, sans cesse éventant la manœuvre, oblige l'ennemi de se retourner
415 assez lestement pour n'être pas désarçonné d'emblée.

Et lorsque vous verrez que tout le mérite du dénouement consiste en ce que le tuteur a fermé sa porte en donnant son passe-partout à Bazile, pour que lui seul et le notaire pussent entrer et conclure son mariage, vous ne laisserez pas d'être
420 étonné qu'un critique aussi équitable se joue de la confiance de son lecteur, ou se trompe, au point d'écrire, et dans Bouillon encore : *Le comte s'est donné la peine de monter au balcon par une échelle avec Figaro, quoique la porte ne soit pas fermée.*

Enfin, lorsque vous verrez le malheureux tuteur, abusé par
425 toutes les précautions qu'il prend pour ne le point être, à la fin forcé de signer au contrat du comte et d'approuver ce qu'il n'a pu prévenir, vous laisserez au critique à décider si ce tuteur était un *imbécile* de ne pas deviner une intrigue dont on lui cachait tout, lorsque lui, critique, à qui l'on ne cachait rien, ne l'a pas devinée
430 plus que le tuteur.

En effet, s'il l'eût bien conçue, aurait-il manqué de louer tous les beaux endroits de l'ouvrage ?

Qu'il n'ait point remarqué la manière dont le premier acte annonce et déploie avec gaieté tous les caractères de la pièce, on
435 peut le lui pardonner.

Qu'il n'ait pas aperçu quelque peu de comédie dans la grande scène du second acte[1], où, malgré la défiance et la fureur du jaloux, la pupille parvient à lui donner le change sur une lettre

---

1. *La grande scène du second acte :* la scène 15.

remise en sa présence, et lui faire demander pardon à genoux du
440 soupçon qu'il a montré, je le conçois encore aisément.

Qu'il n'ait pas dit un seul mot de la scène de stupéfaction de
Bazile au troisième acte[1], qui a paru si neuve au théâtre, et a tant
réjoui les spectateurs, je n'en suis point surpris du tout.

Passe encore qu'il n'ait pas entrevu l'embarras où l'auteur s'est
445 jeté volontairement au dernier acte, en faisant avouer par la
pupille à son tuteur que le comte avait dérobé la clef de sa
jalousie ; et comment l'auteur s'en démêle en deux mots et sort,
en se jouant, de la nouvelle inquiétude qu'il a imprimée au
spectateur[2]. C'est peu de chose en vérité.

450 Je veux bien qu'il ne lui soit pas venu à l'esprit que la pièce,
une des plus gaies qui soient au théâtre, est écrite sans la
moindre équivoque, sans une pensée, un seul mot dont la
pudeur, même des petites loges[3], ait à s'alarmer ; ce qui pourtant
est bien quelque chose, Monsieur, dans un siècle où l'hypocrisie
455 de la décence est poussée presque aussi loin que le relâchement
des mœurs. Très volontiers. Tout cela sans doute pouvait n'être
pas digne de l'attention d'un critique aussi majeur.

Mais comment n'a-t-il pas admiré ce que tous les honnêtes
gens n'ont pu voir sans répandre des larmes de tendresse et de
460 plaisir ? Je veux dire la piété filiale de ce bon Figaro, qui ne saurait
oublier sa mère !

Tu connais donc ce tuteur ? lui dit le comte au premier acte.
Comme ma mère, répond Figaro. Un avare aurait dit : *Comme mes
poches.* Un petit-maître[4] eût répondu : *Comme moi-même ;* un

---

1. *La scène ... troisième acte :* la scène 11.
2. *La nouvelle ... spectateur :* voir acte IV, scène 3 et le début de la scène finale.
3. *Petites loges :* loges grillagées qui permettaient de voir sans être vu du reste de la salle.
4. *Petit-maître :* personnage imbu de lui-même, d'une élégance et d'un comportement volontiers provocants.

465 ambitieux : *Comme le chemin de Versailles;* et le journaliste de
Bouillon : *Comme mon libraire;* les comparaisons de chacun se
tirant toujours de l'objet intéressant. *Comme ma mère,* a dit le fils
tendre et respectueux.

Dans un autre endroit encore : *Ah! vous êtes charmant!* lui dit le
470 tuteur. Et ce bon, cet honnête garçon qui pouvait gaiement
assimiler cet éloge à tous ceux qu'il a reçus de ses maîtresses, en
revient toujours à sa bonne mère, et répond à ce mot : *Vous êtes
charmant! — Il est vrai, monsieur, que ma mère me l'a dit autrefois.* Et
le journal de Bouillon ne relève point de pareils traits! Il faut
475 avoir le cerveau bien desséché pour ne les pas voir, ou le cœur
bien dur pour ne pas les sentir.

Sans compter mille autres finesses de l'Art répandues à pleines
mains dans cet ouvrage. Par exemple, on sait que les comédiens
ont multiplié chez eux les emplois à l'infini : emplois de grande,
480 moyenne et petite amoureuse; emplois de grands, moyens et
petits valets; emplois de niais, d'important, de croquant[1], de
paysan, de tabellion[2], de bailli[3]; mais on sait qu'ils n'ont pas
encore appointé[4] celui de bâillant. Qu'a fait l'auteur pour former
un comédien peu exercé au talent d'ouvrir largement la bouche
485 au théâtre? Il s'est donné le soin de lui rassembler, dans une
seule phrase, toutes les syllabes bâillantes du français : *Rien...
qu'en... l'en... en... ten... dant... parler :* syllabes, en effet, qui
feraient bâiller un mort, et parviendraient à desserrer les dents
même de l'envie !

490 En cet endroit admirable où, pressé par les reproches du tuteur
qui lui crie : *Que direz-vous à ce malheureux qui bâille et dort tout
éveillé? Et l'autre qui, depuis trois heures, éternue à se faire sauter le*

---

1. *Croquant :* homme de rien, sans importance (terme qui s'oppose nettement
au terme précédent).
2. *Tabellion :* notaire.
3. *Bailli :* personnage rendant la justice au nom du seigneur.
4. *Appointé :* rétribué.

crâne et jaillir la cervelle? Que leur direz-vous? Le naïf barbier
répond : *Eh! parbleu, je dirai à celui qui éternue :* « *Dieu vous*
495 *bénisse!* » *et :* « *Va te coucher* » *à celui qui bâille.* Réponse en effet si
juste, si chrétienne et si admirable, qu'un de ces fiers critiques
qui ont leurs entrées au paradis[1] n'a pu s'empêcher de s'écrier :
« Diable! l'auteur a dû rester au moins huit jours à trouver cette
réplique! »

500 Et le journal de Bouillon, au lieu de louer ces beautés sans
nombre, use encre et papier, approbation et privilège, à mettre
un pareil ouvrage au-dessous même de la critique! On me
couperait le cou, Monsieur, que je ne saurais m'en taire.

N'a-t-il pas été jusqu'à dire, le cruel! que, *pour ne pas voir*
505 *expirer ce barbier sur le théâtre, il a fallu le mutiler, le changer, le*
refondre, l'élaguer, le réduire en quatre actes, et le purger d'un grand
nombre de pasquinades[2], de calembours, de jeux de mots, en un mot, de
bas comique?

À le voir ainsi frapper comme un sourd, on juge assez qu'il n'a
510 pas entendu le premier mot de l'ouvrage qu'il décompose. Mais
j'ai l'honneur d'assurer ce journaliste, ainsi que le jeune homme
qui lui taille ses plumes et ses morceaux, que loin d'avoir purgé la
pièce d'aucun des *calembours, jeux de mots,* etc., qui lui eussent nui
le premier jour, l'auteur a fait rentrer dans les actes restés au
515 théâtre tout ce qu'il en a pu reprendre à l'acte au portefeuille[3], tel
un charpentier économe cherche, dans ses copeaux épars sur le
chantier, tout ce qui peut servir à cheviller et boucher les
moindres trous de son ouvrage.

Passerons-nous sous silence le reproche aigu qu'il fait à la
520 jeune personne, d'avoir *tous les défauts d'une fille mal élevée?* Il est

---

1. *Paradis* : la galerie la plus élevée du théâtre (mais Beaumarchais joue
naturellement sur le mot).
2. *Pasquinades* : railleries satiriques.
3. *L'acte au portefeuille* : l'acte qui a été rangé parmi les papiers de l'auteur,
puisque non utilisé.

vrai que, pour échapper aux conséquences d'une telle imputation, il tente à la rejeter sur autrui, comme s'il n'en était pas l'auteur, en employant cette expression banale : *On trouve à la jeune personne,* etc. On trouve!...

525   Que voulait-il donc qu'elle fît? Quoi! qu'au lieu de se prêter aux vues d'un jeune amant très aimable et qui se trouve un homme de qualité, notre charmante enfant épousât le vieux podagre[1] médecin? Le noble établissement qu'il lui destinait là! Et parce qu'on n'est pas de l'avis de Monsieur, on a *tous les défauts*
530 *d'une fille mal élevée!*

    En vérité, si le journal de Bouillon se fait des amis en France par la justesse et la candeur de ses critiques, il faut avouer qu'il en aura beaucoup moins au-delà des Pyrénées, et qu'il est surtout un peu bien dur pour les dames espagnoles.

535   Eh! qui sait si Son Excellence Madame la comtesse Almaviva, l'exemple des femmes de son état, et vivant comme un ange avec son mari, quoiqu'elle ne l'aime plus, ne se ressentira pas un jour des libertés qu'on se donne à Bouillon, sur elle, avec approbation et privilège?

540   L'imprudent journaliste a-t-il au moins réfléchi que Son Excellence ayant, par le rang de son mari, le plus grand crédit dans les bureaux, eût pu lui faire obtenir quelque pension sur la *Gazette d'Espagne,* ou la *Gazette* elle-même, et que, dans la carrière qu'il embrasse, il faut garder plus de ménagements pour
545 les femmes de qualité? Qu'est-ce que cela me fait, à moi? L'on sent bien que c'est pour lui seul que j'en parle.

    Il est temps de laisser cet adversaire, quoiqu'il soit à la tête des gens qui prétendent que, *n'ayant pu me soutenir en cinq actes, je me suis mis en quatre pour ramener le public.* Eh! quand cela serait?
550 Dans un moment d'oppression, ne vaut-il pas mieux sacrifier un cinquième de son bien que de le voir aller tout entier au pillage?

---

1. *Podagre :* atteint de la goutte.

Mais ne tombez pas, cher lecteur... (Monsieur, veux-je dire), ne tombez pas, je vous prie, dans une erreur populaire qui ferait grand tort à votre jugement.

555 Ma pièce, qui paraît n'être aujourd'hui qu'en quatre actes, est réellement et de fait, en cinq, qui sont le premier, le deuxième, le troisième, le quatrième et le cinquième, à l'ordinaire[1].

Il est vrai que, le jour du combat, voyant les ennemis acharnés, le parterre ondulant, agité, grondant au loin comme les flots de la 560 mer, et trop certain que ces mugissements sourds, précurseurs des tempêtes, ont amené plus d'un naufrage, je vins à réfléchir que beaucoup de pièces en cinq actes (comme la mienne), toutes très bien faites d'ailleurs (comme la mienne), n'auraient pas été au Diable en entier (comme la mienne), si l'auteur eût pris un 565 parti vigoureux (comme le mien).

« Le dieu des cabales est irrité », dis-je aux comédiens avec force :

Enfants! un sacrifice est ici nécessaire.

Alors, faisant part au Diable, et déchirant mon manuscrit : 570 « Dieu des siffleurs, moucheurs, cracheurs, tousseurs et perturbateurs, m'écriai-je, il te faut du sang! Bois mon quatrième acte, et que ta fureur s'apaise! »

À l'instant vous eussiez vu ce bruit infernal, qui faisait pâlir et broncher[2] les acteurs, s'affaiblir, s'éloigner, s'anéantir; 575 l'applaudissement lui succéder, et des bas-fonds du parterre un *bravo* général s'élever en circulant jusqu'aux hauts bancs du paradis.

De cet exposé, Monsieur, il suit que ma pièce est restée en cinq actes, qui sont le premier, le deuxième, le troisième au 580 théâtre, le quatrième au Diable, le cinquième avec les trois premiers. Tel auteur même vous soutiendra que ce quatrième

---

1. *À l'ordinaire* : selon la manière habituelle.
2. *Broncher* : voir la note 2, p. 30.

acte, qu'on n'y voit point, n'en est pas moins celui qui fait le plus de bien à la pièce, en ce qu'on ne l'y voit point.

Laissons jaser le monde ; il me suffit d'avoir prouvé mon dire ; il me suffit, en faisant mes cinq actes, d'avoir montré mon respect pour Aristote, Horace, Aubignac[1] et les Modernes, et d'avoir mis ainsi l'honneur de la règle à couvert.

Par le second arrangement, le Diable a son affaire : mon char n'en roule pas moins bien sans la cinquième roue, le public est content, je le suis aussi. Pourquoi le journal de Bouillon ne l'est-il pas ? — Ah ! pourquoi ? C'est qu'il est bien difficile de plaire à des gens qui, par métier, doivent ne jamais trouver les choses gaies assez sérieuses, ni les graves assez enjouées.

Je me flatte, Monsieur, que cela s'appelle raisonner principes[2], et que vous n'êtes pas mécontent de mon petit syllogisme.

Reste à répondre aux observations dont quelques personnes ont honoré le moins important des drames[3] hasardés depuis un siècle au théâtre.

Je mets à part les lettres écrites aux comédiens, à moi-même, sans signature, et vulgairement appelées anonymes ; on juge, à l'âpreté du style, que leurs auteurs, peu versés dans la critique, n'ont pas assez senti qu'une mauvaise pièce n'est point une mauvaise action, et que telle injure convenable à un méchant homme est toujours déplacée à un méchant écrivain. Passons aux autres.

Des connaisseurs ont remarqué que j'étais tombé dans l'inconvénient de faire critiquer des usages français par un plaisant de Séville à Séville, tandis que la vraisemblance exigeait qu'il s'égayât sur les mœurs espagnoles. Ils ont raison : j'y avais

---

1. *Aubignac* : l'abbé d'Aubignac était l'auteur d'un ouvrage qui faisait autorité, *la Pratique du théâtre* (1657). La règle des cinq actes avait été énoncée par le poète latin Horace (dans son ouvrage intitulé *Art poétique,* au vers 189).
2. *Raisonner principes* : raisonner selon les principes.
3. Ici, le mot « drame » a son sens originel et désigne toute pièce de théâtre.

610 même tellement pensé que, pour rendre la vraisemblance encore plus parfaite, j'avais d'abord résolu d'écrire et de faire jouer la pièce en langage espagnol; mais un homme de goût m'a fait observer qu'elle en perdrait peut-être un peu de sa gaieté pour le public de Paris, raison qui m'a déterminé à l'écrire en français; en
615 sorte que j'ai fait, comme on voit, une multitude de sacrifices à la gaieté, mais sans pouvoir parvenir à dérider le journal de Bouillon.

Un autre amateur, saisissant l'instant qu'il y avait beaucoup de monde au foyer[1], m'a reproché, du ton le plus sérieux, que ma
620 pièce ressemblait à *On ne s'avise jamais de tout*[2]. « Ressembler, monsieur! Je tiens que ma pièce est *On ne s'avise jamais de tout* lui-même. — Et comment cela? — C'est qu'on ne s'était pas encore avisé de ma pièce. » L'amateur resta court, et l'on en rit d'autant plus que celui-là qui me reprochait *On ne s'avise jamais*
625 *de tout* est un homme qui ne s'est jamais avisé de rien.

Quelques jours après (ceci est plus sérieux), chez une dame incommodée, un monsieur grave, en habit noir, coiffure bouffante et canne à corbin[3], lequel touchait légèrement le poignet de la dame, proposa civilement plusieurs doutes sur la
630 vérité des traits que j'avais lancés contre les médecins. « Monsieur, lui dis-je, êtes-vous ami de quelqu'un d'eux? Je serais désolé qu'un badinage.. — On ne peut pas moins; je vois que vous ne me connaissez pas; je ne prends jamais le parti d'aucun; je parle ici pour le corps en général. » Cela me fit
635 beaucoup chercher quel homme ce pouvait être. « En fait de plaisanterie, ajoutai-je, vous savez, monsieur, qu'on ne demande jamais si l'histoire est vraie, mais si elle est bonne. — Eh!

---

1. *Foyer* : foyer du théâtre (lieu où se rassemblaient acteurs et spectateurs).
2. *On ne s'avise jamais de tout* : titre d'un opéra-comique de Sedaine et Monsigny (1761).
3. *Canne à corbin* : canne dont le pommeau a la forme d'un bec de corbeau.

croyez-vous moins perdre à cet examen qu'au premier? — À merveille, docteur, dit la dame. Le monstre qu'il est! n'a-t-il pas 640 osé parler aussi mal de nous? Faisons cause commune. »

À ce mot de docteur, je commençai à soupçonner qu'elle parlait à son médecin. « Il est vrai, madame et monsieur, repris-je avec modestie, que je me suis permis ces légers torts d'autant plus aisément qu'ils tirent moins à conséquence.

645 Eh! qui pourrait nuire à deux corps puissants dont l'empire embrasse l'univers et se partage le monde? Malgré les envieux, les belles y régneront toujours par le plaisir, et les médecins par la douleur, et la brillante santé nous ramène à l'Amour, comme la maladie nous rend à la médecine.

650 Cependant je ne sais si, dans la balance des avantages, la Faculté ne l'emporte pas un peu sur la Beauté. Souvent on voit les belles nous renvoyer aux médecins; mais plus souvent encore les médecins nous gardent et ne nous renvoient plus aux belles.

En plaisantant donc, il faudrait peut-être avoir égard à la 655 différence des ressentiments, et songer que si les belles se vengent en se séparant de nous, ce n'est là qu'un mal négatif; au lieu que les médecins se vengent en s'en emparant, ce qui devient très positif.

Que, quand ces derniers nous tiennent, ils font de nous tout ce 660 qu'ils veulent; au lieu que les belles, toutes belles qu'elles sont, n'en font jamais que ce qu'elles peuvent.

Que le commerce des belles nous les rend bientôt moins nécessaires; au lieu que l'usage des médecins finit par nous les rendre indispensables.

665 Enfin, que l'un de ces empires ne semble établi que pour assurer la durée de l'autre, puisque, plus la verte jeunesse est livrée à l'Amour, plus la pâle vieillesse appartient sûrement à la médecine.

Au reste, ayant fait contre moi cause commune, il était juste, 670 madame et monsieur, que je vous offrisse en commun mes justifications. Soyez donc persuadés que, faisant profession d'adorer les belles et de redouter les médecins, c'est toujours en badinant que je dis du mal de la Beauté ; comme ce n'est jamais sans trembler que je plaisante un peu la Faculté.

675 Ma déclaration n'est point suspecte à votre égard, mesdames, et mes plus acharnés ennemis sont forcés d'avouer que, dans un instant d'humeur, où mon dépit contre une belle allait s'épancher trop librement sur toutes les autres, on m'a vu m'arrêter tout court au vingt-cinquième couplet, et, par le plus

680 prompt repentir, faire ainsi, dans le vingt-sixième, amende honorable aux belles irritées :

Sexe charmant, si je décèle
Votre cœur en proie au désir,
Souvent à l'amour infidèle,
685 Mais toujours fidèle au plaisir,
D'un badinage, ô mes déesses !
Ne cherchez point à vous venger :
Tel glose[1], hélas ! sur vos faiblesses,
Qui brûle de les partager[2].

690 Quant à vous, monsieur le docteur, on sait assez que Molière...

— Au désespoir, dit-il en se levant, de ne pouvoir profiter plus longtemps de vos lumières ; mais l'humanité qui gémit ne doit pas souffrir de mes plaisirs. » Il me laissa, ma foi ! la bouche

695 ouverte avec ma phrase en l'air. « Je ne sais pas, dit la belle malade en riant, si je vous pardonne ; mais je vois bien que notre docteur ne vous pardonne pas. — Le nôtre, madame ? Il ne sera jamais le mien. — Eh ! pourquoi ? — Je ne sais ; je craindrais qu'il ne fût au-dessous de son état, puisqu'il n'est pas au-dessus des

700 plaisanteries qu'on en peut faire.

Ce docteur n'est pas de mes gens. L'homme assez consommé

---

1. *Glose* : critique, censure.
2. *Qui brûle de les partager* : Beaumarchais cite ici la dernière strophe de *la Galerie des femmes du siècle passé*, poème satirique de sa composition.

49

dans son art pour en avouer de bonne foi l'incertitude, assez spirituel pour rire avec moi de ceux qui le disent infaillible, tel est mon médecin. En me rendant ses soins qu'ils appellent des
705 visites, en me donnant ses conseils qu'ils nomment des ordonnances, il remplit dignement et sans faste la plus noble fonction d'une âme éclairée et sensible. Avec plus d'esprit, il calcule plus de rapports, et c'est tout ce qu'on peut dans un art aussi utile qu'incertain. Il me raisonne, il me console, il me
710 guide, et la nature fait le reste. Aussi, loin de s'offenser de la plaisanterie, est-il le premier à l'opposer au pédantisme. À l'infatué[1] qui lui dit gravement : " De quatre-vingts fluxions de poitrine que j'ai traitées cet automne, un seul malade a péri dans mes mains ", mon docteur répond en souriant : " Pour moi, j'ai
715 prêté mes secours à plus de cent cet hiver; hélas! je n'en ai pu sauver qu'un seul. " Tel est mon aimable[2] médecin.

— Je le connais. — Vous permettez bien que je ne l'échange pas contre le vôtre. Un pédant n'aura pas plus ma confiance en maladie, qu'une bégueule[3] n'obtiendrait mon hommage en
720 santé. Mais je ne suis qu'un sot. Au lieu de vous rappeler mon amende honorable[4] au beau sexe, je devais lui chanter le couplet de la bégueule; il est tout fait pour lui :

Pour égayer ma poésie,
Au hasard j'assemble des traits;
725 *J'en fais, peintre de fantaisie,*
Des tableaux, jamais des portraits;
La femme d'esprit, qui s'en moque,

---

1. *Infatué* : raccourci pour « infatué de sa personne », c'est-à-dire imbu de lui-même.
2. *Aimable* : au XVIIIe siècle, cet adjectif a encore son sens originel et signifie digne d'être aimé, ou estimé.
3. *Bégueule* : femme dont la vertu s'effarouche à tout propos.
4. *Vous rappeler... honorable* : vous rappeler que j'ai demandé pardon.

Sourit finement à l'auteur :
Pour l'imprudente qui s'en choque,
730 *Sa colère est son délateur*[1].

— À propos de chanson, dit la dame, vous êtes bien honnête d'avoir été donner votre pièce au Français[2]! moi qui n'ai de petite loge qu'aux Italiens[3]! Pourquoi n'en avoir pas fait un opéra-comique? Ce fut, dit-on, votre première idée. La pièce est 735 d'un genre à comporter de la musique.

— Je ne sais si elle est propre à la supporter, ou si je m'étais trompé d'abord en le supposant; mais, sans entrer dans les raisons qui m'ont fait changer d'avis, celle-ci, madame, répond à tout :

740 Notre musique dramatique ressemble trop encore à notre musique chansonnière pour en attendre un véritable intérêt ou de la gaieté franche. Il faudra commencer à l'employer sérieusement au théâtre quand on sentira bien qu'on ne doit y chanter que pour parler[4]; quand nos musiciens se rapprocheront 745 de la nature, et surtout cesseront de s'imposer l'absurde loi de toujours revenir à la première partie d'un air après qu'ils en ont dit la seconde. Est-ce qu'il y a des reprises et des rondeaux[5] dans un drame? Ce cruel radotage est la mort de l'intérêt, et dénote un vide insupportable dans les idées. »

750 Moi qui ai toujours chéri la musique sans inconstance et même sans infidélité, souvent, aux pièces qui m'attachent le plus, je me surprends à pousser de l'épaule, à dire tout bas avec

---

1. *Sa ... délateur :* ce couplet est l'avant-dernière strophe du poème mentionné à la note 2, p. 49.
2. *Au Français :* au Théâtre-Français (ou Comédie-Française).
3. *Aux Italiens :* au Théâtre-Italien.
4. *On ne doit ... parler :* la musique doit être subordonnée aux dialogues.
5. *Rondeaux :* poésies mises en musique, dont le ou les premiers vers sont répétés à la fin.

humeur : « Eh! va donc, musique! pourquoi toujours répéter? N'es-tu pas assez lente? Au lieu de narrer vivement, tu rabâches!
755 au lieu de peindre la passion, tu t'accroches aux mots! Le poète se tue à serrer l'événement, et toi tu le délayes! Que lui sert de rendre son style énergique et pressé, si tu l'ensevelis sous d'inutiles fredons[1]? Avec ta stérile abondance, reste, reste aux chansons pour toute nourriture, jusqu'à ce que tu connaisses le
760 langage sublime et tumultueux des passions. »

En effet, si la déclamation[2] est déjà un abus de la narration[3] au théâtre, le chant, qui est un abus de la déclamation, n'est donc, comme on voit, que l'abus de l'abus. Ajoutez-y la répétition des phrases, et voyez ce que devient l'intérêt. Pendant que le vice ici
765 va toujours en croissant, l'intérêt marche à sens contraire; l'action s'alanguit; quelque chose me manque; je deviens distrait; l'ennui me gagne; et si je cherche alors à deviner ce que je voudrais, il m'arrive souvent de trouver que je voudrais la fin du spectacle.

770 Il est un autre art d'imitation, en général beaucoup moins avancé que la musique, mais qui semble en ce point lui servir de leçon. Pour la variété seulement, la danse élevée[4] est déjà le modèle du chant.

Voyez le superbe Vestris[5] ou le fier d'Auberval[6] engager un pas

---

1. *Fredons* : ornements musicaux.
2. *Déclamation* : art de dire un texte au théâtre, en mettant en valeur le ton et le rythme des phrases de façon appuyée.
3. *Narration* : art de dire (raconter) avec naturel, par opposition à la théâtralité de la déclamation.
4. *La danse élevée* : implique sauts et figures acrobatiques, comme à l'Opéra, pour la distinguer de la danse mondaine, où les pieds ne quittent pas le sol.
5. Né en Italie, Vestris (1729-1808) fut l'un des plus célèbres danseurs de l'Opéra, de 1748 à 1781.
6. *D'Auberval* : Jean Bercher, dit Dauberval (1742-1806), autre fameux danseur de l'Opéra de Paris de 1761 à 1783.

775 de caractère. Il ne danse pas encore ; mais d'aussi loin qu'il paraît, son port libre et dégagé fait déjà lever la tête aux spectateurs. Il inspire autant de fierté qu'il promet de plaisir. Il est parti... Pendant que le musicien redit vingt fois ses phrases et monotone[1] ses mouvements, le danseur varie les siens à l'infini.

780 Le voyez-vous s'avancer légèrement à petits bonds, reculer à grands pas, et faire oublier le comble de l'art par la plus ingénieuse négligence ? Tantôt sur un pied, gardant le plus savant équilibre, et suspendu sans mouvement pendant plusieurs mesures, il étonne, il surprend par l'immobilité de son aplomb...

785 Et soudain, comme s'il regrettait le temps du repos, il part comme un trait, vole au fond du théâtre, et revient en pirouettant, avec une rapidité que l'œil peut suivre à peine.

L'air a beau recommencer, rigaudonner[2], se répéter, se radoter[3], il ne se répète point, lui ! Tout en déployant les mâles

790 beautés d'un corps souple et puissant, il peint les mouvements violents dont son âme est agitée ; il vous lance un regard passionné que ses bras mollement ouverts rendent plus expressif ; et, comme s'il se lassait bientôt de vous plaire, il se relève avec dédain, se dérobe à l'œil qui le suit, et la passion la

795 plus fougueuse semble alors naître et sortir de la plus douce ivresse. Impétueux, turbulent, il exprime une colère si bouillante et si vraie qu'il m'arrache à mon siège et me fait froncer le sourcil. Mais, reprenant soudain le geste et l'accent d'une volupté paisible, il erre nonchalamment avec une grâce, une

800 mollesse et des mouvements si délicats qu'il enlève autant de suffrages qu'il y a de regards attachés sur sa danse enchanteresse.

---

1. *Monotone* : exprime de façon monotone (néologisme de Beaumarchais).
2. « Rigaudonner » est un verbe forgé par Beaumarchais sur le terme « rigaudon », danse où l'on ne bougeait pas de place.
3. L'emploi pronominal du verbe « radoter » semble bien être une autre création de Beaumarchais.

Compositeurs! chantez comme il danse, et nous aurons, au lieu d'opéras, des mélodrames[1]. Mais j'entends mon éternel censeur (je ne sais plus s'il est d'ailleurs ou de Bouillon) qui me dit : « Que prétend-on par ce tableau? Je vois un talent supérieur, et non la danse en général. C'est dans sa marche ordinaire qu'il faut saisir un art pour le comparer, et non dans ses efforts les plus sublimes. N'avons-nous pas... »

Je l'arrête à mon tour. Eh quoi! si je veux peindre un coursier et me former une juste idée de ce noble animal, irai-je le chercher hongre[2] et vieux, gémissant au timon[3] du fiacre, ou trottinant sous le plâtrier qui siffle? Je le prends au haras, fier étalon, vigoureux, découplé, l'œil ardent, frappant la terre et soufflant le feu par les naseaux, bondissant de désirs et d'impatience, ou fendant l'air qu'il électrise, et dont le brusque hennissement réjouit l'homme et fait tressaillir toutes les cavales de la contrée. Tel est mon danseur.

Et quand je crayonne un art, c'est parmi les plus grands sujets qui l'exercent que j'entends choisir mes modèles; tous les efforts du génie... Mais je m'éloigne trop de mon sujet, revenons au *Barbier de Séville*... ou plutôt, Monsieur, n'y revenons pas. C'est assez pour une bagatelle. Insensiblement je tomberais dans le défaut reproché trop justement à nos Français, de toujours faire de petites chansons sur les grandes affaires[4], et de grandes dissertations sur les petites.

Je suis, avec le plus profond respect,

Monsieur,

Votre très humble et très obéissant serviteur,

l'Auteur.

---

1. *Mélodrames* : drames musicaux (mot tout récent alors).
2. *Hongre* : châtré (l'usage de châtrer les chevaux venait de Hongrie).
3. *Timon* : barre de traction à laquelle est attelé le cheval.
4. *Toujours ... affaires* : voir la fin du *Mariage de Figaro*.

Lettre modérée

1. La *Lettre modérée* a une fonction polémique (voir p. 229) : il s'agit de répondre, point par point, au journaliste du *Journal encyclopédique* de Bouillon qui, dans le numéro du 1er avril 1775, avait attaqué Beaumarchais. À quelle place du texte se trouve cette argumentation ? Relevez les différents éléments que l'auteur défend successivement. Quels sont les tons différents qu'il emploie ?

2. Le ton et les procédés de la presse littéraire évoquée par Beaumarchais vous semblent-ils encore d'actualité ? Vous répondrez en citant certaines phrases ou expressions de la *Lettre modérée*.

Mais la *Lettre modérée* a deux fonctions plus importantes encore.

INFORMATION SUR LA PIÈCE

3. La *Lettre modérée* donne des précisions sur la situation de la pièce dans la production théâtrale de Beaumarchais : repérez le passage où il est question des deux pièces précédentes. À ce propos, quelles sont les qualités du drame (voir p. 228), selon Beaumarchais ?

4. Quelle est l'opinion de Beaumarchais sur la relation entre le chant et la parole ? Dans votre réponse, vous pourrez rapprocher cette théorie de celle exprimée par Diderot dans *le Neveu de Rameau*.

5. À deux reprises, Beaumarchais donne un résumé de son intrigue : repérez ces deux passages ; sont-ils redondants ou complémentaires ?

6. La *Lettre* est aussi une analyse de la pièce par son auteur : quelles qualités souligne-t-il ?

PRÉPARATION À LA COMÉDIE

7. Cette *Lettre* est déjà, par elle-même, une comédie. Étudiez la place et la fonction du dialogue.

8. Beaumarchais pratique l'ironie (voir p. 229) et l'humour : distinguez ces deux procédés et donnez-en quelques exemples.

9. Si l'argumentation occupe essentiellement la partie centrale de la *Lettre*, le début et la fin sont exclusivement livrés au badinage (voir p. 227). Relevez-en les traits les plus marquants.

Personnages

(Les habits des acteurs doivent être dans l'ancien costume espagnol[1].)

Le comte Almaviva, *grand d'Espagne[2], amant[3] inconnu de Rosine, paraît, au premier acte, en veste et culotte de satin; il est enveloppé d'un grand manteau brun, ou cape espagnole; chapeau noir rabattu, avec un ruban de couleur autour de la forme. Au deuxième acte, habit uniforme de[4] cavalier, avec des moustaches et des bottines. Au troisième, habillé en bachelier[5], cheveux ronds[6], grande fraise[7] au cou; veste, culotte, bas et manteau d'abbé. Au quatrième acte, il est vêtu superbement à l'espagnole avec un riche manteau; par-dessus tout, le large manteau brun dont il se tient enveloppé.*

Bartholo, *médecin, tuteur de Rosine : habit noir, court, boutonné; grande perruque; fraise et manchettes relevées; une ceinture noire; et quand il veut sortir de chez lui, un long manteau écarlate.*

Rosine, *jeune personne d'extraction noble, et pupille de Bartholo : habillée à l'espagnole.*

---

1. *L'ancien costume espagnol* : le costume caractérisé notamment par une cape et un chapeau à bord tombant sur les yeux (voir ci-après la description de l'habit du comte Almaviva); ce costume avait été interdit en 1766, mais Beaumarchais l'avait connu lors de son séjour à Madrid en 1764-1765.
2. *Grand d'Espagne* : titre donné aux plus hauts des seigneurs espagnols (qui avaient entre autres le privilège de rester couverts devant le roi).
3. *Amant* : amoureux (sens étymologique).
4. *Habit uniforme de* : en uniforme de.
5. *Bachelier* : étudiant en théologie.
6. *Cheveux ronds* : cheveux coupés à hauteur des épaules et formant un arrondi autour de la tête.
7. *Fraise* : col très étalé, à double rangée de plis empesés (la mode en était passée depuis le début du XVIIIe siècle).

Figaro, *barbier de Séville : en habit de majo*[1] *espagnol. La tête couverte d'un rescille*[2] *ou filet; chapeau blanc, ruban de couleur autour de la forme, un fichu de soie attaché fort lâche à son cou, gilet et haut-de-chausse de satin, avec des boutons et boutonnières frangés d'argent; une grande ceinture de soie; les jarretières nouées avec des glands qui pendent sur chaque jambe; veste de couleur tranchante, à grands revers de la couleur du gilet; bas blancs et souliers gris.*

Don Bazile, *organiste, maître à chanter de Rosine : chapeau noir rabattu, soutanelle*[3] *et long manteau, sans fraise ni manchettes.*

La Jeunesse, *vieux domestique de Bartholo.*

L'Éveillé, *autre valet de Bartholo, garçon niais et endormi.*

Tous deux habillés en Galiciens[4]; *tous les cheveux dans la queue*[5]; *gilet couleur de chamois; large ceinture de peau avec une boucle; culotte bleue et veste de même, dont les manches, ouvertes aux épaules pour le passage des bras, sont pendantes par-derrière.*

Un notaire.

Un alcade, *homme de justice, avec une longue baguette blanche à la main*[6].

Plusieurs alguazils[7] et valets *avec des flambeaux.*

La scène est à Séville, dans la rue et sous les fenêtres de Rosine, au premier acte, et le reste de la pièce dans la maison du docteur Bartholo.

---

1. *Majo* : homme d'une élégance trop recherchée (terme espagnol du XVIIIe siècle).
2. *Rescille* : filet retenant les cheveux (voir « résille »).
3. *Soutanelle* : soutane (vêtement de prêtre) courte (ne dépassant pas les genoux).
4. *Galiciens* : habitants de la Galice (province d'Espagne); leur costume traditionnel se trouve décrit par les précisions qui suivent.
5. *Tous les cheveux dans la queue* : tous les cheveux sont tirés en arrière pour former une queue.
6. Un alcade est un juge de paix (la baguette blanche est l'attribut de sa fonction).
7. *Alguazils* : agents de police (terme espagnol).

Illustration pour une édition du *Barbier de Séville*
publiée au XIXe siècle.

Acte premier

Le théâtre représente une rue de Séville, où toutes les croisées[1] sont grillées.

SCÈNE PREMIÈRE. LE COMTE, *seul,*
en grand manteau brun et chapeau rabattu. Il tire sa montre en se promenant.

Le jour est moins avancé que je ne croyais. L'heure à laquelle elle a coutume de se montrer derrière sa jalousie[2] est encore éloignée. N'importe; il vaut mieux arriver trop tôt que de manquer l'instant de la voir. Si quelque aimable[3] de la cour
5 pouvait me deviner à cent lieues de Madrid, arrêté tous les matins sous les fenêtres d'une femme à qui je n'ai jamais parlé, il me prendrait pour un Espagnol du temps d'Isabelle[4]... Pourquoi non? Chacun court après le bonheur. Il est pour moi dans le cœur de Rosine... Mais quoi! suivre une femme à Séville, quand
10 Madrid et la cour offrent de toutes parts des plaisirs si faciles? Et c'est cela même que je fuis. Je suis las des conquêtes que l'intérêt, la convenance ou la vanité nous présentent sans cesse. Il est si doux d'être aimé pour soi-même! Et si je pouvais m'assurer sous ce déguisement... Au diable l'importun!

---

1. *Croisées* : fenêtres dont l'armature en forme de croix divise la surface vitrée en quatre parties.
2. *Jalousie* : treillis de bois doublant la fenêtre et permettant de voir à l'extérieur sans s'exposer aux regards.
3. *Aimable* : ici, homme élégant et cherchant à séduire (adjectif substantivé).
4. *Du temps d'Isabelle* : du temps du règne d'Isabelle la Catholique, dans la seconde moitié du xve siècle, à l'époque de la chevalerie.

SCÈNE 2. FIGARO, LE COMTE, *caché.*

FIGARO, *une guitare sur le dos, attachée en bandoulière avec un large ruban; il chantonne gaiement, un papier et un crayon à la main.*

1[1]

> *Bannissons le chagrin,*
> *Il nous consume :*
> *Sans le feu du bon vin*
> *Qui nous rallume,*
> 5 *Réduit à languir,*
> *L'homme, sans plaisir,*
> *Vivrait comme un sot,*
> *Et mourrait bientôt.*

Jusque-là ceci ne va pas mal, hein, hein.

> 10 *Et mourrait bientôt...*
> *Le vin et la paresse*
> *Se disputent mon cœur.*

Eh non! ils ne se le disputent pas, ils y règnent paisiblement ensemble...

> 15 *Se partagent... mon cœur.*

Dit-on se partagent?... Eh! mon Dieu, nos faiseurs d'opéras-comiques n'y regardent pas de si près. Aujourd'hui, ce qui ne vaut pas la peine d'être dit, on le chante. *(Il chante.)*

> *Le vin et la paresse*
> 20 *Se partagent mon cœur.*

Je voudrais finir par quelque chose de beau, de brillant, de scintillant, qui eût l'air d'une pensée. *(Il met un genou en terre et écrit en chantant.)*

---

1. Ce numéro renvoie aux morceaux de la partition (sur la musique du *Barbier de Séville,* voir l'annexe : « Musiques pour *le Barbier* », p. 201).

> *Se partagent mon cœur.*
> *Si l'une a ma tendresse...*
25 *L'autre fait mon bonheur.*

Fi donc! c'est plat. Ce n'est pas ça... Il me faut une opposition, une antithèse[1] :

> *Si l'une... est ma maîtresse*
> *L'autre...*

30 Eh! parbleu, j'y suis...

> *L'autre est mon serviteur.*

Fort bien, Figaro!... *(Il écrit en chantant.)*

> *Le vin et la paresse*
> *Se partagent mon cœur;*
35 *Si l'une est ma maîtresse,*
> *L'autre est mon serviteur,*
> *L'autre est mon serviteur,*
> *L'autre est mon serviteur.*

Hein, hein, quand il y aura des accompagnements là-dessous,
40 nous verrons encore, messieurs de la cabale[2], si je ne sais ce que je dis... *(Il aperçoit le comte.)* J'ai vu cet abbé-là quelque part. *(Il se relève.)*

LE COMTE, *à part.*   Cet homme ne m'est pas inconnu.

FIGARO.   Eh non, ce n'est pas un abbé! Cet air altier[3] et noble...

LE COMTE.   Cette tournure grotesque...

45 FIGARO.   Je ne me trompe point; c'est le comte Almaviva.

LE COMTE.   Je crois que c'est ce coquin de Figaro.

FIGARO.   C'est lui-même, monseigneur.

---

1. *Antithèse* : idée contraire.
2. *Cabale* : groupe de personnes ayant décidé de faire échouer une pièce de théâtre (par ses manifestations hostiles au cours du spectacle).
3. *Altier* : fier, hautain.

LE COMTE.   Maraud! si tu dis un mot...

FIGARO.   Oui, je vous reconnais; voilà les bontés familières dont
50 vous m'avez toujours honoré.

LE COMTE.   Je ne te reconnaissais pas, moi. Te voilà si gros et si
gras...

FIGARO.   Que voulez-vous, monseigneur, c'est la misère.

LE COMTE.   Pauvre petit! Mais que fais-tu à Séville? Je t'avais
55 autrefois recommandé dans les bureaux pour un emploi.

FIGARO.   Je l'ai obtenu, monseigneur; et ma reconnaissance...

LE COMTE.   Appelle-moi Lindor. Ne vois-tu pas, à mon
déguisement, que je veux être inconnu?

FIGARO.   Je me retire.

60 LE COMTE.   Au contraire. J'attends ici quelque chose, et deux
hommes qui jasent[1] sont moins suspects qu'un seul qui se
promène. Ayons l'air de jaser. Eh bien, cet emploi?

FIGARO.   Le ministre, ayant égard à la recommandation de Votre
Excellence, me fit nommer sur-le-champ garçon apothicaire.

65 LE COMTE.   Dans les hôpitaux de l'armée?

FIGARO.   Non; dans les haras d'Andalousie.

LE COMTE, *riant*.   Beau début!

FIGARO.   Le poste n'était pas mauvais; parce qu'ayant le district
des pansements et des drogues, je vendais souvent aux hommes
70 de bonnes médecines de cheval...

LE COMTE.   Qui tuaient les sujets du roi!

FIGARO.   Ah! ah! il n'y a point de remède universel; mais qui

---

1. *Jasent* : ici, comme souvent au XVIIIᵉ siècle, « bavarder, causer », et non,
comme aujourd'hui, « médire, dire des choses malignes ».

n'ont pas laissé de guérir[1] quelquefois des Galiciens, des Catalans, des Auvergnats[2].

75 LE COMTE.   Pourquoi donc l'as-tu quitté?

FIGARO.   Quitté? C'est bien lui-même[3]; on m'a desservi auprès des puissances.

L'envie aux doigts crochus, au teint pâle et livide[4]...

LE COMTE.   Oh! grâce! grâce, ami! Est-ce que tu fais aussi des
80 vers? Je t'ai vu là griffonnant sur ton genou, et chantant dès le matin.

FIGARO.   Voilà précisément la cause de mon malheur, Excellence. Quand on a rapporté au ministre que je faisais, je puis dire assez joliment, des bouquets à Chloris[5]; que j'envoyais
85 des énigmes[6] aux journaux, qu'il courait des madrigaux[7] de ma façon; en un mot, quand il a su que j'étais imprimé tout vif, il a pris la chose au tragique et m'a fait ôter mon emploi, sous prétexte que l'amour des lettres est incompatible avec l'esprit des affaires.

90 LE COMTE.   Puissamment raisonné! Et tu ne lui fis pas représenter[8]...

---

1. *Laissé de guérir* : manqué de guérir.
2. Les Auvergnats étaient présents comme mercenaires dans les armées espagnoles; mais leur apparition dans ce contexte n'en crée pas moins une plaisante discordance (et suggère que Galiciens et Catalans étaient tenus pour des êtres aussi frustes que les Auvergnats du XVIIIe siècle).
3. *C'est bien lui-même* : c'est bien l'emploi lui-même qui m'a quitté.
4. *L'envie ... livide* : variation sur un vers de Voltaire, dans *la Henriade* : « La sombre jalousie au teint pâle et livide » (chant IX, vers 45).
5. Un « bouquet » était une pièce de vers galants, en l'honneur d'une dame dont on voulait célébrer la fête ou l'anniversaire. Chloris est un nom de femme usuellement employé dans ce type de poésie.
6. *Énigmes* : devinettes, ou rébus, dont étaient friands les lecteurs de journaux de l'époque.
7. *Madrigaux* : poèmes exprimant avec finesse et esprit une pensée galante.
8. *Représenter* : objecter.

FIGARO. Je me crus trop heureux d'en être oublié, persuadé qu'un grand nous fait assez de bien quand il ne nous fait pas de mal.

95 LE COMTE. Tu ne dis pas tout. Je me souviens qu'à mon service tu étais un assez mauvais sujet.

FIGARO. Eh! mon Dieu, monseigneur, c'est qu'on veut que le pauvre soit sans défaut.

LE COMTE. Paresseux, dérangé...

100 FIGARO. Aux vertus qu'on exige dans un domestique, Votre Excellence connaît-elle beaucoup de maîtres qui fussent dignes d'être valets?

LE COMTE, *riant.* Pas mal. Et tu t'es retiré en cette ville?

FIGARO. Non, pas tout de suite.

105 LE COMTE, *l'arrêtant.* Un moment... J'ai cru que c'était elle... Dis toujours, je t'entends de reste.

FIGARO. De retour à Madrid, je voulus essayer de nouveau mes talents littéraires; et le théâtre me parut un champ d'honneur...

LE COMTE. Ah! miséricorde!

FIGARO. *(Pendant sa réplique, le comte regarde avec attention du côté de*
110 *la jalousie.)* En vérité, je ne sais comment je n'eus pas le plus grand succès, car j'avais rempli le parterre des plus excellents travailleurs; des mains... comme des battoirs; j'avais interdit les gants, les cannes, tout ce qui ne produit que des applaudissements sourds; et d'honneur, avant la pièce, le café[1]
115 m'avait paru dans les meilleures dispositions pour moi. Mais les efforts de la cabale...

LE COMTE. Ah! la cabale! monsieur l'auteur tombé.

---

1. *Le café :* les cafés (singulier générique). Les cafés étaient alors le lieu de discussions littéraires (comme le café Procope), où naissaient éventuellement les cabales.

FIGARO. Tout comme un autre : pourquoi pas ? Ils m'ont sifflé ; mais si jamais je puis les rassembler...

120 LE COMTE. L'ennui te vengera bien d'eux ?

FIGARO. Ah ! comme je leur en garde[1], morbleu !

LE COMTE. Tu jures ! Sais-tu qu'on n'a que vingt-quatre heures au palais pour maudire ses juges[2] ?

FIGARO. On a vingt-quatre ans au théâtre ; la vie est trop courte
125 pour user un pareil ressentiment.

LE COMTE. Ta joyeuse colère me réjouit. Mais tu ne me dis pas ce qui t'a fait quitter Madrid.

FIGARO. C'est mon bon ange, Excellence, puisque je suis assez

Figaro (Richard Berry) et le comte (Raymond Acquaviva).
Mise en scène de Michel Etcheverry, Comédie-Française, 1979.

---

1. *Comme je leur en garde :* comme je me vengerai d'eux. L'expression attestée est : « je la leur garde bonne » (« la » = ma vengeance).
2. *Pour maudire ses juges :* pour faire appel.

heureux pour retrouver mon ancien maître. Voyant à Madrid que
130 la république des lettres était celle des loups, toujours armés les
uns contre les autres, et que, livrés au mépris où ce risible
acharnement les conduit, tous les insectes, les moustiques, les
cousins, les critiques, les maringouins[1], les envieux, les
feuillistes[2], les libraires, les censeurs, et tout ce qui s'attache à la
135 peau des malheureux gens de lettres, achevait de déchiqueter et
sucer le peu de substance qui leur restait; fatigué d'écrire,
ennuyé de moi, dégoûté des autres, abîmé de dettes et léger
d'argent; à la fin convaincu que l'utile revenu du rasoir est
préférable aux vains honneurs de la plume, j'ai quitté Madrid; et,
140 mon bagage en sautoir, parcourant philosophiquement les deux
Castilles, la Manche, l'Estramadure, la Sierra-Morena,
l'Andalousie; accueilli dans une ville, emprisonné dans l'autre, et
partout supérieur aux événements; loué par ceux-ci, blâmé par
ceux-là; aidant au bon temps; supportant le mauvais; me
145 moquant des sots, bravant les méchants; riant de ma misère et
faisant la barbe à tout le monde[3]; vous me voyez enfin établi
dans Séville, et prêt à servir de nouveau Votre Excellence en tout
ce qu'il lui plaira m'ordonner.

Le Comte.   Qui t'a donné une philosophie aussi gaie?

150 Figaro.   L'habitude du malheur. Je me presse de rire de tout, de
peur d'être obligé d'en pleurer. Que regardez-vous donc
toujours de ce côté?

Le Comte.   Sauvons-nous.

Figaro.   Pourquoi?

155 Le Comte.   Viens donc, malheureux! tu me perds. *(Ils se cachent.)*

---

1. *Maringouins* : moucherons des pays chauds; le mot a plu à Beaumarchais
pour sa consonance avec Marin, journaliste hostile lors de l'affaire Goëzman.
2. *Feuillistes* : littéralement, ceux qui écrivent dans les « feuilles », c'est-à-dire
dans les journaux. Le mot est une création de Beaumarchais.
3. *Faisant la barbe à tout le monde* : se jouant de tout le monde par ruse.

66

Acte I Scènes 1 et 2

DEUX SCÈNES D'EXPOSITION

1. Malgré sa brièveté, la première scène apporte plusieurs informations essentielles : sur l'identité du personnage, sur la raison de sa présence en ce lieu, sur la qualité de ses sentiments. Repérez les passages relatifs à ces différentes informations.

2. La scène 2 brosse un portrait de Figaro à travers l'évocation de son passé. Quelle image du personnage nous impose-t-elle ? Cette scène peint également les relations entre le comte et Figaro, fondées sur la distance et la complicité. Pourquoi le comte ne révèle-t-il rien à Figaro ? Quels passages suggèrent une certaine connivence ?

3. Comment Beaumarchais maintient-il, au cours de cette scène 2, le lien avec la situation esquissée dans la scène 1 ?

MONOLOGUE ET DIALOGUE

4. La première scène court le risque d'être statique. Par quels procédés Beaumarchais force-t-il l'attention du spectateur ?

5. Le début de la scène 2 est aussi un monologue, permettant de mettre en valeur l'apparition de Figaro. De quelle façon commence et finit sa tirade ? Comment se fait le passage du monologue au dialogue ? Étudiez le mouvement très vif du dialogue qui fonctionne notamment par des ellipses (voir p. 228) que vous relèverez.

LE COMIQUE ET LA SATIRE SOCIALE

6. Le comique était absent de la première scène. La deuxième lui fait une place : quels en sont les éléments ? Quelles répliques du comte sont conçues pour expliciter ce comique ?

7. Quelles sont les cibles de la satire sociale (voir p. 230) exprimée dans les deux premières scènes ? Quelles en sont les limites ?

8. Quels sont les passages qui suggèrent que Beaumarchais se projette partiellement dans son personnage ?

SCÈNE 3.   BARTHOLO, ROSINE.
(La jalousie du premier étage s'ouvre, et Bartholo et Rosine se mettent à la fenêtre.)

ROSINE.   Comme le grand air fait plaisir à respirer !... Cette jalousie s'ouvre si rarement...

Bartholo (Roland Bertin) et Rosine (Anne Kessler).
Mise en scène de Jean-Luc Boutté. Comédie-Française, 1990.

BARTHOLO. Quel papier tenez-vous là?

ROSINE. Ce sont des couplets de *la Précaution inutile,* que mon
5 maître à chanter m'a donnés hier.

BARTHOLO. Qu'est-ce que *la Précaution inutile?*

ROSINE. C'est une comédie nouvelle.

BARTHOLO. Quelque drame encore! quelque sottise d'un
nouveau genre[1]!

10 ROSINE. Je n'en sais rien.

BARTHOLO. Euh, euh, les journaux et l'autorité nous en feront
raison. Siècle barbare!...

ROSINE. Vous injuriez toujours notre pauvre siècle.

BARTHOLO. Pardon de la liberté[2]! Qu'a-t-il produit pour qu'on
15 le loue? Sottises de toute espèce : la liberté de penser,
l'attraction[3], l'électricité[4], le tolérantisme[5], l'inoculation[6], le
quinquina[7], *l'Encyclopédie*[8], et les drames[9]...

ROSINE. *(Le papier lui échappe et tombe dans la rue.)* Ah! ma

---

1. Bartholo n'aimait pas les drames. Peut-être avait-il fait quelque tragédie dans
sa jeunesse (note de Beaumarchais).
2. *Pardon de la liberté!* : raccourci pour « pardon de la liberté que je prends! »
3. *L'attraction* : l'attraction universelle, découverte par Newton en 1687, mais
vulgarisée en France au début du XVIIIe siècle.
4. Les phénomènes électriques, très à la mode depuis le début du XVIIIe siècle.
5. *Le tolérantisme* : la tolérance, jugée excessive, de toutes sortes de religions.
6. *Inoculation* : vaccination, encore controversée, contre la variole.
7. *Quinquina* : écorce aux vertus curatives connue depuis le XVIIe siècle. Son
utilisation ne suscitait pas, à vrai dire, de polémique. Bartholo va un peu loin dans
son refus des nouveautés...
8. *L'Encyclopédie* : parue en 17 volumes de 1751 à 1756, sous la direction de
Diderot, elle avait été complétée par 11 volumes de planches (dessins gravés) ;
le dernier datait de 1772, année de la rédaction du *Barbier.* Ce vaste dictionnaire
était une manifestation essentielle de la pensée philosophique du siècle.
9. *Drames* : ici, le « genre dramatique sérieux » cher à Beaumarchais.

chanson! Ma chanson est tombée en vous écoutant; courez,
20 courez donc, monsieur! Ma chanson, elle sera perdue!

BARTHOLO.   Que diable aussi, l'on tient ce qu'on tient. *(Il quitte le balcon.)*

ROSINE *regarde en dedans et fait signe dans la rue.*   St, st! *(Le comte paraît.)* Ramassez vite et sauvez-vous. *(Le comte ne fait qu'un saut, ramasse le papier et rentre.)*

BARTHOLO *sort de la maison et cherche.*   Où donc est-il? Je ne vois
25 rien.

ROSINE.   Sous le balcon, au pied du mur.

BARTHOLO.   Vous me donnez là une jolie commission! Il est donc passé quelqu'un?

ROSINE.   Je n'ai vu personne.

30 BARTHOLO, *à lui-même.*   Et moi qui ai la bonté de chercher!...
Bartholo, vous n'êtes qu'un sot, mon ami : ceci doit vous apprendre à ne jamais ouvrir de jalousie sur la rue. *(Il rentre.)*

ROSINE, *toujours au balcon.*   Mon excuse est dans mon malheur :
seule, enfermée, en butte à la persécution d'un homme odieux,
35 est-ce un crime de tenter à sortir d'esclavage?

BARTHOLO, *paraissant au balcon.*   Rentrez, signora; c'est ma faute si vous avez perdu votre chanson; mais ce malheur ne vous arrivera plus, je vous jure. *(Il ferme la jalousie à la clef.)*

Acte I Scène 3

ENCORE UNE SCÈNE D'EXPOSITION...

1. Elle nous présente deux nouveaux personnages : comment leur apparition est-elle rendue spectaculaire ?

2. En quoi leur présentation est-elle différente de celle du comte et de Figaro ?

3. Quelles informations apporte cette scène sur Rosine et sur Bartholo ?

... MAIS DÉJÀ UNE SCÈNE D'ACTION

4. Le papier transmis au comte amorce l'action de toute la pièce. Mais il s'agit surtout de la première scène animée de la pièce : quels sont les facteurs de cette animation ?

LE LIEU SCÉNIQUE

5. Cette scène représente concrètement l'opposition des deux espaces constitutifs du dynamisme de la pièce : l'espace clos où est enfermée Rosine (séparée du monde par la « jalousie » de la fenêtre et... la jalousie de Bartholo), l'espace ouvert de la rue (celui de l'amour et de la liberté). Relevez tous les éléments qui, dans le texte du dialogue comme dans celui des didascalies (voir p. 227), expriment cette opposition fondamentale.

UNE SCÈNE-MIROIR

6. La scène 3 reflète l'ensemble de la comédie dans la mesure où elle fait référence à une « comédie nouvelle » précisément intitulée *la Précaution inutile*. Quels sont les effets produits par ce procédé ?

7. Quelle en est l'utilité dramaturgique ?

SCÈNE 4. LE COMTE, FIGARO.
(Ils entrent avec précaution.)

LE COMTE. À présent qu'ils sont retirés, examinons cette chanson, dans laquelle un mystère est sûrement renfermé. C'est un billet!

FIGARO. Il demandait ce que c'est que *la Précaution inutile!*

5 LE COMTE *lit vivement.* « Votre empressement excite ma curiosité; sitôt que mon tuteur sera sorti, chantez indifféremment, sur l'air connu de ces couplets, quelque chose qui m'apprenne enfin le nom, l'état et les intentions de celui qui paraît s'attacher si obstinément à l'infortunée Rosine. »

10 FIGARO, *contrefaisant la voix de Rosine.* Ma chanson, ma chanson est tombée; courez, courez donc, *(Il rit)* ah! ah! ah! ah! Oh! ces femmes! voulez-vous donnez de l'adresse à la plus ingénue? enfermez-la.

LE COMTE. Ma chère Rosine!

15 FIGARO. Monseigneur, je ne suis plus en peine des motifs de votre mascarade[1]; vous faites ici l'amour en perspective[2].

LE COMTE. Te voilà instruit; mais si tu jases...

FIGARO. Moi, jaser! Je n'emploierai point pour vous rassurer les grandes phrases d'honneur et de dévouement dont on abuse à la 20 journée; je n'ai qu'un mot : mon intérêt vous répond de moi; pesez tout à cette balance, et...

LE COMTE. Fort bien. Apprends donc que le hasard m'a fait rencontrer au Prado[3], il y a six mois, une jeune personne d'une

---

1. *Mascarade* : déguisement.
2. *Vous faites ici ... en perspective* : vous courtisez en projet, en espérance.
3. *Prado* : grande avenue de Madrid qui était alors un lieu de promenade fréquenté.

25 beauté!... Tu viens de la voir. Je l'ai fait chercher en vain par tout Madrid. Ce n'est que depuis peu de jours que j'ai découvert qu'elle s'appelle Rosine, est d'un sang noble, orpheline, et mariée à un vieux médecin de cette ville, nommé Bartholo.

FIGARO. Joli oiseau, ma foi! difficile à dénicher! Mais qui vous a dit qu'elle était femme du docteur?

30 LE COMTE. Tout le monde.

FIGARO. C'est une histoire qu'il a forgée en arrivant de Madrid pour donner le change aux galants[1] et les écarter; elle n'est encore que sa pupille, mais bientôt...

LE COMTE, *vivement*. Jamais[2]. Ah! quelle nouvelle! J'étais résolu
35 de tout oser pour lui présenter mes regrets, et je la trouve libre! Il n'y a pas un moment à perdre; il faut m'en faire aimer, et l'arracher à l'indigne engagement qu'on lui destine. Tu connais donc ce tuteur?

FIGARO. Comme ma mère.

40 LE COMTE. Quel homme est-ce?

FIGARO, *vivement*. C'est un beau, gros, court, jeune vieillard, gris pommelé, rusé, rasé, blasé, qui guette et furète et gronde et geint tout à la fois.

LE COMTE, *impatienté*. Eh! je l'ai vu. Son caractère?

45 FIGARO. Brutal, avare, amoureux et jaloux à l'excès de sa pupille, qui le hait à la mort[3].

LE COMTE. Ainsi, ses moyens de plaire sont...

FIGARO. Nuls.

---

1. *Donner le change aux galants* : égarer les galants sur une autre piste (terme de chasse).
2. *Jamais* : jamais elle ne sera sa femme (le comte a compris tout de suite ce qu'allait dire Figaro).
3. *À la mort* : à mort.

Le Comte.   Tant mieux. Sa probité?

50 Figaro.   Tout juste autant qu'il en faut pour n'être point pendu.

Le Comte.   Tant mieux. Punir un fripon en se rendant heureux...

Figaro.   C'est faire à la fois le bien public et particulier : chef-d'œuvre de morale, en vérité, monseigneur!

55 Le Comte.   Tu dis que la crainte des galants lui fait fermer sa porte?

Figaro.   À tout le monde; s'il pouvait la calfeutrer...

Le Comte.   Ah! diable, tant pis. Aurais-tu de l'accès chez lui?

Figaro.   Si j'en ai! *Primo,* la maison que j'occupe appartient au
60 docteur, qui m'y loge *gratis*...

Le Comte.   Ah! ah!

Figaro.   Oui. Et moi, en reconnaissance, je lui promets dix pistoles par an, *gratis* aussi...

Le Comte, *impatienté.*   Tu es son locataire?

65 Figaro.   De plus, son barbier, son chirurgien, son apothicaire; il ne se donne pas dans sa maison un coup de rasoir, de lancette[1] ou de piston[2], qui ne soit de la main de votre serviteur.

Le Comte *l'embrasse.*   Ah! Figaro, mon ami, tu seras mon ange, mon libérateur, mon dieu tutélaire.

70 Figaro.   Peste! comme l'utilité vous a bientôt rapproché les distances! Parlez-moi des gens passionnés!

Le Comte.   Heureux Figaro! tu vas voir ma Rosine! tu vas la voir! Conçois-tu ton bonheur?

---

1. *Lancette :* instrument pour pratiquer les saignées.
2. *Piston :* ici, seringue à lavement.

FIGARO. C'est bien là un propos d'amant! Est-ce que je l'adore,
75 moi? Puissiez-vous prendre ma place!

LE COMTE. Ah! si l'on pouvait écarter tous les surveillants!...

FIGARO. C'est à quoi je rêvais.

LE COMTE. Pour douze heures seulement!

FIGARO. En occupant les gens de leur propre intérêt, on les
80 empêche de nuire à l'intérêt d'autrui.

LE COMTE. Sans doute. Eh bien?

FIGARO, *rêvant.* Je cherche dans ma tête si la pharmacie ne
fournirait pas quelques petits moyens innocents...

LE COMTE. Scélérat!

85 FIGARO. Est-ce que je veux leur nuire? Ils ont tous besoin de
mon ministère. Il ne s'agit que de les traiter ensemble.

LE COMTE. Mais ce médecin peut prendre un soupçon.

FIGARO. Il faut marcher si vite que le soupçon n'ait pas le temps
de naître. Il me vient une idée!... Le régiment de Royal-Infant
90 arrive en cette ville.

LE COMTE. Le colonel est de mes amis.

FIGARO. Bon. Présentez-vous chez le docteur en habit de
cavalier, avec un billet de logement[1]; il faudra bien qu'il vous
héberge; et moi, je me charge du reste.

95 LE COMTE. Excellent!

FIGARO. Il ne serait même pas mal que vous eussiez l'air entre
deux vins...

LE COMTE. À quoi bon?

---

1. *Billet de logement* : billet ordonnant à un civil de loger chez lui un ou
plusieurs soldats.

FIGARO. Et le mener un peu lestement sous cette apparence
100 déraisonnable.

LE COMTE. À quoi bon?

FIGARO. Pour qu'il ne prenne aucun ombrage, et vous croie plus
pressé de dormir que d'intriguer chez lui.

LE COMTE. Supérieurement vu! Mais que n'y vas-tu, toi?

105 FIGARO. Ah! oui, moi! Nous serons bien heureux s'il ne vous
reconnaît pas, vous qu'il n'a jamais vu. Et comment vous
introduire après?

LE COMTE. Tu as raison.

FIGARO. C'est que vous ne pourrez peut-être pas soutenir ce
110 personnage difficile. Cavalier... pris de vin...

LE COMTE. Tu te moques de moi. *(Prenant un ton ivre.)* N'est-ce
point ici la maison du docteur Bartholo, mon ami?

FIGARO. Pas mal, en vérité; vos jambes seulement un peu plus
avinées. *(D'un ton plus ivre.)* N'est-ce pas ici la maison...

115 LE COMTE. Fi donc! tu as l'ivresse du peuple.

FIGARO. C'est la bonne, c'est celle du plaisir.

LE COMTE. La porte s'ouvre.

FIGARO. C'est notre homme : éloignons-nous jusqu'à ce qu'il
soit parti.

Acte I Scène 4

LA SUITE DE L'EXPOSITION

1. Cette scène revient sur les données de la première. Comment Beaumarchais réussit-il à le faire sans artifice ?

2. Quelles sont les informations nouvelles par rapport au monologue initial, notamment sur les origines de la passion du comte ?

3. Figaro en retour livre tout ce qu'il sait sur Bartholo et sa pupille : dans quelle mesure ses informations doublent-elles, ou au contraire complètent-elles, celles que nous avait apportées la scène précédente sur la situation de Bartholo par rapport à Rosine, sur Rosine elle-même et sur les relations entre Figaro et Bartholo ?

LE COUPLE ALMAVIVA / FIGARO

4. Comment Beaumarchais a-t-il rendu sensible, dans cette scène, l'alliance de ces deux personnages ?

5. Quelles sont les réflexions morales de Figaro (sa fameuse « philosophie ») sur lesquelles Beaumarchais insiste ?

LE DYNAMISME

6. La scène 4 prolonge la scène précédente et ouvre aussi sur l'action à venir : où se situe exactement l'articulation entre ces deux versants ?

7. Dans cette scène, la vivacité du dialogue tient à la brièveté des répliques. Mais elle tient aussi à leurs enchaînements : relevez et analysez ceux qui vous paraissent les plus intéressants.

SCÈNE 5. LE COMTE et FIGARO *cachés;* BARTHOLO.

BARTHOLO *sort en parlant à la maison.* Je reviens à l'instant ; qu'on ne laisse entrer personne. Quelle sottise à moi d'être descendu ! Dès qu'elle[1] m'en priait, je devais bien me douter... Et Bazile qui ne vient pas ! Il devait tout arranger pour que mon mariage se fît
5 secrètement demain ; et point de nouvelles ! Allons voir ce qui peut l'arrêter.

SCÈNE 6. LE COMTE, FIGARO.

LE COMTE. Qu'ai-je entendu ? Demain il épouse Rosine en secret !

FIGARO. Monseigneur, la difficulté de réussir ne fait qu'ajouter à la nécessité d'entreprendre.

5 LE COMTE. Quel est donc ce Bazile qui se mêle de son mariage ?

FIGARO. Un pauvre hère qui montre la musique à sa pupille, infatué de son art, friponneau, besoigneux[2], à genoux devant un écu, et dont il sera facile de venir à bout, monseigneur...
10 *(Regardant à la jalousie.)* La v'là, la v'là.

LE COMTE. Qui donc ?

FIGARO. Derrière sa jalousie, la voilà, la voilà. Ne regardez pas, ne regardez donc pas !

---

1. *Dès qu'elle* : puisqu'elle, du moment qu'elle.
2. *Besoigneux* : qui est dans le besoin (forme ancienne, mais encore attestée dans le *Dictionnaire de l'Académie* de 1835, de « besogneux »).

LE COMTE. Pourquoi?

15 FIGARO. Ne vous écrit-elle pas : « Chantez indifféremment »?
c'est-à-dire, chantez comme si vous chantiez... seulement pour
chanter. Oh! la v'là, la v'là.

LE COMTE. Puisque j'ai commencé à l'intéresser sans être
connu d'elle, ne quittons point le nom de Lindor que j'ai pris;
20 mon triomphe en aura plus de charmes. *(Il déploie le papier que
Rosine a jeté.)* Mais comment chanter sur cette musique? Je ne sais
pas faire de vers, moi!

FIGARO. Tout ce qui vous viendra, monseigneur, est excellent :
en amour, le cœur n'est pas difficile sur les productions de
25 l'esprit... Et prenez ma guitare.

LE COMTE. Que veux-tu que j'en fasse? j'en joue si mal!

FIGARO. Est-ce qu'un homme comme vous ignore quelque
chose? Avec le dos de la main; from, from, from... Chanter sans
guitare à Séville! Vous seriez bientôt reconnu, ma foi, bientôt
30 dépisté. *(Figaro se colle au mur sous le balcon.)*

LE COMTE *chante en se promenant et s'accompagnant sur sa guitare.*

2

PREMIER COUPLET
Vous l'ordonnez, je me ferai connaître;
Plus inconnu, j'osais[1] vous adorer :
En me nommant, que pourrais-je espérer?
N'importe, il faut obéir à son maître.

35 FIGARO, *bas.* Fort bien, parbleu! Courage, monseigneur!

LE COMTE.

DEUXIÈME COUPLET
Je suis Lindor, ma naissance est commune,
Mes vœux sont ceux d'un simple bachelier;

---

1. *Plus inconnu, j'osais...* : quand j'étais plus inconnu, j'osais...

> *Que n'ai-je, hélas! d'un brillant chevalier*
> *À vous offrir le rang et la fortune!*

40 FIGARO. Et comment, diable! Je ne ferais pas mieux, moi qui m'en pique.

LE COMTE.

TROISIÈME COUPLET

> *Tous les matins, ici, d'une voix tendre,*
> *Je chanterai mon amour sans espoir;*
> *Je bornerai mes plaisirs à vous voir;*
45 > *Et puissiez-vous en trouver à m'entendre!*

FIGARO. Oh! ma foi, pour celui-ci!... *(Il s'approche, et baise le bas de l'habit de son maître.)*

LE COMTE. Figaro?

FIGARO. Excellence?

LE COMTE. Crois-tu que l'on m'ait entendu?

ROSINE, *en dedans, chante.*

AIR du *Maître en droit*[1].

50 > *Tout me dit que Lindor est charmant,*
> *Que je dois l'aimer constamment...*
(On entend une croisée qui se ferme avec bruit.)

FIGARO. Croyez-vous qu'on vous ait entendu, cette fois?

LE COMTE. Elle a fermé sa fenêtre; quelqu'un apparemment est entré chez elle.

55 FIGARO. Ah! la pauvre petite, comme elle tremble en chantant! Elle est prise[2], monseigneur.

---

1. Beaumarchais fait ici un emprunt au *Maître en droit*, opéra-comique de Lemonnier, sur une musique de Monsigny (1760). Voir p. 203.
2. *Prise :* éprise (prise par le sentiment de l'amour).

LE COMTE. Elle se sert du moyen qu'elle-même a indiqué. « Tout me dit que Lindor est charmant. » Que de grâces! que d'esprit!

60 FIGARO. Que de ruse! que d'amour!

LE COMTE. Crois-tu qu'elle se donne à moi, Figaro?

FIGARO. Elle passera plutôt à travers cette jalousie que d'y manquer.

LE COMTE. *C'en est fait, je suis à ma Rosine... pour la vie.*

65 FIGARO. Vous oubliez, monseigneur, qu'elle ne vous entend plus.

LE COMTE. Monsieur Figaro, je n'ai qu'un mot à vous dire : elle sera ma femme; et si vous servez bien mon projet en lui cachant mon nom... Tu m'entends[1], tu me connais...

70 FIGARO. Je me rends. Allons, Figaro, vole à la fortune, mon fils.

LE COMTE. Retirons-nous, crainte de nous rendre suspects.

FIGARO, *vivement*. Moi, j'entre ici, où, par la force de mon art, je vais, d'un seul coup de baguette, endormir la vigilance, éveiller l'amour, égarer la jalousie, fourvoyer l'intrigue, et renverser tous 75 les obstacles. Vous, monseigneur, chez moi, l'habit de soldat, le billet de logement, et de l'or dans vos poches.

LE COMTE. Pour qui, de l'or?

FIGARO, *vivement*. De l'or, mon Dieu, de l'or : c'est le nerf de l'intrigue.

80 LE COMTE. Ne te fâche pas, Figaro, j'en prendrai beaucoup.

FIGARO, *s'en allant*. Je vous rejoins dans peu.

LE COMTE. Figaro!

---

1. *Tu m'entends :* tu me comprends.

FIGARO.   Qu'est-ce que c'est?

LE COMTE.   Et ta guitare?

85 FIGARO *revient.*   J'oublie ma guitare, moi? Je suis donc fou! *(Il s'en va.)*

LE COMTE.   Et ta demeure, étourdi?

FIGARO *revient.*   Ah! réellement je suis frappé[1]! — Ma boutique à quatre pas d'ici, peinte en bleu, vitrage en plomb[2], trois palettes[3] en l'air, l'œil dans la main[4], *Consilio manuque*[5], FIGARO. *(Il s'enfuit.)*

---

1. *Frappé :* détraqué.
2. *Vitrage en plomb :* vitrage dont les châssis sont de plomb.
3. *Palettes :* petits récipients dans lesquels était recueilli le sang des saignées. Ces palettes sont ici « en l'air » parce qu'elles constituent une partie de l'enseigne : comme il était usuel à l'époque, le barbier Figaro est aussi chirurgien et pratique la saignée.
4. *L'œil dans la main :* autre emblème de l'enseigne, signifiant l'alliance de l'habileté et de l'attention.
5. *Consilio manuque :* devise latine de l'Académie de chirurgie, signifiant littéralement « par la réflexion et par la main » (c'est une variante de l'expression précédente).

Acte I Scènes 5 et 6

ENCORE DEUX SCÈNES D'EXPOSITION

1. Quels nouveaux éléments d'information apportent-elles? Vous commenterez notamment la stratégie de Figaro et son enthousiasme croissant.

2. De quelle façon ont évolué les sentiments du comte à l'égard de Rosine?

UNE SCÈNE MUSICALE

3. Outre sa fonction divertissante, la musique a ici une fonction dramaturgique : le rapprochement avec la scène 2 vous permettra de la préciser.

4. Que pensez-vous des trois répliques louangeuses de Figaro? Sont-elles sincères ou ironiques? Comparez la chanson improvisée par le comte à celle de Figaro (I, 2) et relevez les différences.

LA CLÔTURE DE L'ACTE

5. De quelle façon la dernière scène de l'acte met-elle en vedette le comte et Figaro?

6. Quelle est la fonction de la description finale de la boutique de Figaro?

Ensemble de l'acte I

1. Cet acte est dominé par le dialogue entre le comte et Figaro. De ces deux personnages, lequel s'impose le plus aux spectateurs, et pourquoi?

2. Comment Beaumarchais a-t-il cependant évité un trop grand déséquilibre? Pour quelle raison?

Rosine (Anne Kessler) et Figaro (Thierry Hancisse).
Mise en scène de Jean-Luc Boutté, Comédie-Française, 1990.

Acte II

Le théâtre représente l'appartement de Rosine. La croisée dans le fond du théâtre est fermée par une jalousie grillée.

SCÈNE PREMIÈRE. ROSINE, *seule, un bougeoir à la main.*
Elle prend du papier sur la table et se met à écrire.

Marceline est malade, tous les gens[1] sont occupés, et personne ne me voit écrire. Je ne sais si ces murs ont des yeux et des oreilles, ou si mon Argus[2] a un génie malfaisant qui l'instruit à point nommé, mais je ne puis dire un mot ni faire un pas dont il
5 ne devine sur le champ l'intention... Ah! Lindor! *(Elle cachette la lettre.)* Fermons toujours ma lettre, quoique j'ignore quand et comment je pourrai la lui faire tenir. Je l'ai vu à travers ma jalousie parler longtemps au barbier Figaro. C'est un bon homme qui m'a montré quelquefois de la pitié; si je pouvais l'entretenir
10 un moment!

---

1. *Gens* : serviteurs.
2. *Argus* : dans la mythologie gréco-latine, Argus était un géant pourvu de cent yeux, chargé par la déesse Junon de surveiller la nymphe Io. Par ce nom, on désigne tout surveillant particulièrement vigilant.

SCÈNE 2. ROSINE, FIGARO.

ROSINE, *surprise.*   Ah! monsieur Figaro, que je suis aise de vous voir!

FIGARO.   Votre santé, madame[1]?

ROSINE.   Pas trop bonne, monsieur Figaro. L'ennui me tue.

5 FIGARO.   Je le crois; il n'engraisse que les sots.

ROSINE.   Avec qui parliez-vous donc là-bas si vivement? Je n'entendais pas, mais...

FIGARO.   Avec un jeune bachelier de mes parents, de la plus grande espérance; plein d'esprit, de sentiments, de talents, et
10 d'une figure fort revenante[2].

ROSINE.   Oh! tout à fait bien, je vous assure! Il se nomme?...

FIGARO.   Lindor. Il n'a rien. Mais s'il n'eût pas quitté brusquement Madrid, il pouvait y trouver quelque bonne place.

ROSINE, *étourdiment.*   Il en trouvera, monsieur Figaro, il en
15 trouvera. Un jeune homme tel que vous le dépeignez n'est pas fait pour rester inconnu.

FIGARO, *à part.*   Fort bien. *(Haut.)* Mais il a un grand défaut, qui nuira toujours à son avancement.

ROSINE.   Un défaut, monsieur Figaro! Un défaut! en êtes-vous
20 bien sûr?

FIGARO.   Il est amoureux.

ROSINE.   Il est amoureux! et vous appelez cela un défaut!

---

1. *Votre santé, madame?* : raccourci pour : « comment va votre santé, madame? ». Au XVIIIᵉ siècle, on appelait « madame » une jeune fille noble.
2. *D'une figure fort revenante* : d'apparence très plaisante.

FIGARO. À la vérité, ce n'en est un que relativement à sa mauvaise fortune.

25 ROSINE. Ah! que le sort est injuste! Et nomme-t-il la personne qu'il aime? Je suis d'une curiosité...

FIGARO. Vous êtes la dernière, madame, à qui je voudrais faire une confidence de cette nature.

ROSINE, *vivement.* Pourquoi, monsieur Figaro? Je suis discrète,
30 ce jeune homme vous appartient[1], il m'intéresse infiniment... Dites donc!

FIGARO, *la regardant finement.* Figurez-vous la plus jolie petite mignonne, douce, tendre, accorte[2] et fraîche, agaçant l'appétit, pied furtif[3], taille adroite[4], élancée, bras dodus, bouche rosée, et
35 des mains! des joues! des dents! des yeux!...

ROSINE. Qui reste[5] en cette ville?

FIGARO. En ce quartier.

ROSINE. Dans cette rue peut-être?

FIGARO. À deux pas de moi.

40 ROSINE. Ah! que c'est charmant... pour monsieur votre parent. Et cette personne est?...

FIGARO. Je ne l'ai pas nommée?

ROSINE, *vivement.* C'est la seule chose que vous ayez oubliée, monsieur Figaro. Dites donc, dites donc vite; si l'on rentrait, je
45 ne pourrais plus savoir...

---

1. *Vous appartient :* vous est apparenté (Figaro vient de dire : « un jeune bachelier de mes parents »).
2. *Accorte :* vive et gracieuse.
3. *Furtif :* léger et rapide.
4. *Taille adroite :* taille faite avec adresse (comme s'il s'agissait d'une sculpture).
5. *Qui reste :* qui demeure.

FIGARO.   Vous le voulez absolument, madame? Eh bien, cette personne est... la pupille de votre tuteur.

ROSINE.   La pupille?...

FIGARO.   Du docteur Bartholo, oui, madame.

50 ROSINE, *avec émotion.*   Ah! monsieur Figaro... Je ne vous crois pas, je vous assure.

FIGARO.   Et c'est ce qu'il brûle de venir vous persuader lui-même.

ROSINE.   Vous me faites trembler, monsieur Figaro.

55 FIGARO.   Fi donc, trembler! mauvais calcul, madame. Quand on cède à la peur du mal, on ressent déjà le mal de la peur. D'ailleurs, je viens de vous débarrasser de tous vos surveillants jusqu'à demain.

ROSINE.   S'il m'aime, il doit me le prouver en restant 60 absolument tranquille.

FIGARO.   Eh! madame! amour et repos peuvent-ils habiter en même cœur? La pauvre jeunesse est si malheureuse aujourd'hui, qu'elle n'a que ce terrible choix : amour sans repos, ou repos sans amour.

65 ROSINE, *baissant les yeux.*   Repos sans amour... paraît...

FIGARO.   Ah! bien languissant. Il semble, en effet, qu'amour sans repos se présente de meilleure grâce; et pour moi, si j'étais femme...

ROSINE, *avec embarras.*   Il est certain qu'une jeune personne ne 70 peut empêcher un honnête homme de l'estimer.

FIGARO.   Aussi mon parent vous estime-t-il infiniment.

ROSINE.   Mais s'il allait faire quelque imprudence, monsieur Figaro, il nous perdrait.

FIGARO, *à part.*   Il nous perdrait! *(Haut.)* Si vous le lui défendiez 75 expressément par une petite lettre... Une lettre a bien du pouvoir.

ROSINE *lui donne la lettre qu'elle vient d'écrire.*   Je n'ai pas le temps

de recommencer celle-ci, mais en la lui donnant, dites-lui...
dites-lui bien... *(Elle écoute.)*

FIGARO.   Personne, madame.

80 ROSINE.   Que c'est par pure amitié tout ce que je fais.

FIGARO.   Cela parle de soi. Tudieu! l'amour a bien une autre
allure!

ROSINE.   Que par pure amitié, entendez-vous? Je crains
seulement que, rebuté par les difficultés...

85 FIGARO.   Oui, quelque feu follet[1]. Souvenez-vous, madame,
que le vent qui éteint une lumière allume un brasier, et que nous
sommes ce brasier-là. D'en parler seulement, il exhale un tel feu
qu'il m'a presque enfiévré[2] de sa passion, moi qui n'y ai que voir!

ROSINE.   Dieux! j'entends mon tuteur. S'il vous trouvait ici...
90 Passez par le cabinet du clavecin, et descendez le plus
doucement que vous pourrez.

FIGARO.   Soyez tranquille. *(À part, montrant la lettre.)* Voici qui
vaut mieux que toutes mes observations[3]. *(Il entre dans le cabinet.)*

---

1. *Oui, quelque feu follet* : raccourci d'expression pour : « vous auriez raison si
vous aviez affaire à un feu follet (un être inconsistant) ».
2. Le mot « enfiévré », qui n'est plus français, a excité la plus vive indignation
parmi les puritains littéraires; je ne conseille à aucun galant homme de s'en
servir; mais M. Figaro!... (Note de Beaumarchais.)
3. *Mes observations* : les observations qu'il va pouvoir faire en se postant dans
le cabinet (petite pièce à l'écart). Voir p. 90, question 7.

Acte II Scènes 1 et 2

LE MONOLOGUE

L'acte II s'ouvre, comme l'acte I, par un monologue.

1. Comparez ce dernier avec celui qui commence l'acte I : quels rapports existe-t-il entre les deux, et quelles différences?

2. En quoi contribue-t-il à la connaissance que le spectateur ou le lecteur peut avoir de Rosine (qui n'a fait qu'une apparition dans l'acte précédent, scène 3)?

ROSINE ET FIGARO

3. La scène 2 réintroduit le comique : sur quoi repose-t-il?

4. En quoi Figaro justifie-t-il ici l'opinion qu'avait de lui Rosine, à la fin de la scène précédente?

5. Comment cette scène contribue-t-elle à mieux nous faire connaître Rosine? Quel rapport social entretient-elle avec Figaro?

L'ACTION

6. Comment interprétez-vous le changement de lieu, ou plutôt de perspective (avec la « jalousie » comme point commun entre l'appartement et la rue)?

7. Dans quelle mesure cette scène est-elle utile pour l'action? La dernière réplique de Figaro fait allusion à la mission de surveillance que lui avait confiée Almaviva, dans la version en cinq actes de la pièce. Beaumarchais a notamment supprimé, dans les répliques du comte (I, 4) : « Observe bien ce qu'elle dit, ce qu'elle ne dit pas, si sa respiration se précipite, si sa parole est brève, sa voix mal assurée. »

8. Pourquoi Figaro peut-il dire que la lettre remise par Rosine est plus précieuse que toutes les observations qu'il aurait pu faire (bien qu'il en ignore, comme le spectateur, le contenu)? Quelle est l'importance dramaturgique de cette lettre?

SCÈNE 3.   ROSINE, *seule.*

Je meurs d'inquiétude jusqu'à ce qu'il soit dehors... Que je l'aime, ce bon Figaro! C'est un bien honnête homme, un bon parent! Ah! voilà mon tyran; reprenons mon ouvrage. *(Elle souffle la bougie[1], s'assied, et prend une broderie au tambour[2].)*

SCÈNE 4.   BARTHOLO, ROSINE.

BARTHOLO, *en colère.*   Ah! malédiction! l'enragé, le scélérat corsaire de Figaro! Là, peut-on sortir un moment de chez soi sans être sûr en rentrant...

ROSINE.   Qui vous met donc si fort en colère, monsieur?

5 BARTHOLO.   Ce damné barbier qui vient d'écloper[3] toute ma maison en un tour de main; il donne un narcotique à L'Éveillé, un sternutatoire[4] à La Jeunesse; il saigne au pied Marceline; il n'y a pas jusqu'à ma mule... Sur les yeux d'une pauvre bête aveugle, un cataplasme! Parce qu'il me doit cent écus, il se presse de faire des
10 mémoires[5]. Ah! qu'il les apporte!... Et personne à l'antichambre! On arrive à cet appartement comme à la place d'armes.

ROSINE.   Eh! qui peut y pénétrer que vous, monsieur?

BARTHOLO.   J'aime mieux craindre sans sujet, que de m'exposer sans précaution. Tout est plein de gens entreprenants,

---

1. La flamme de la bougie lui a servi à cacheter sa lettre (voir la scène 1 de cet acte).
2. *Une broderie au tambour* : une broderie tendue sur son cadre de bois.
3. *Écloper* : rendre boiteuse, donc hors service.
4. *Sternutatoire* : produit qui fait éternuer.
5. *Mémoires* : factures, notes à payer.

15 d'audacieux... N'a-t-on pas, ce matin encore, ramassé lestement votre chanson pendant que j'allais la chercher? Oh! je...

ROSINE.   C'est bien mettre à plaisir de l'importance à tout! Le vent peut avoir éloigné ce papier, le premier venu, que sais-je?

BARTHOLO.   Le vent, le premier venu!... Il n'y a point de vent,
20 madame, point de premier venu dans le monde ; et c'est toujours quelqu'un posté là exprès qui ramasse les papiers qu'une femme a l'air de laisser tomber par mégarde.

ROSINE.   A l'air, monsieur?

BARTHOLO.   Oui, madame, a l'air.

25 ROSINE, *à part.*   Oh! le méchant vieillard!

BARTHOLO.   Mais tout cela n'arrivera plus, car je vais faire sceller cette grille.

Bartholo (Didier Mahieu) et Rosine (Laure Thiery)
Mise en scène d'Alain Bezu,
théâtre des Deux-Rives, Paris, 1991.

92

ROSINE.   Faites mieux; murez les fenêtres tout d'un coup[1].
D'une prison à un cachot la différence est si peu de chose!

30   BARTHOLO.   Pour celles qui donnent sur la rue? Ce ne serait
peut-être pas si mal... Ce barbier n'est pas entré chez vous au
moins?

ROSINE.   Vous donne-t-il aussi de l'inquiétude?

BARTHOLO.   Tout comme un autre.

35   ROSINE.   Que vos répliques sont honnêtes[2]!

BARTHOLO.   Ah! fiez-vous à tout le monde, et vous aurez
bientôt à la maison une bonne femme pour vous tromper, de
bons amis pour vous la souffler, et de bons valets pour les y
aider.

40   ROSINE.   Quoi! vous n'accordez pas même qu'on ait des
principes contre la séduction de monsieur Figaro?

BARTHOLO.   Qui diable entend quelque chose à la bizarrerie des
femmes? Et combien j'en ai vu, de ces vertus à principes...

ROSINE, *en colère*.   Mais, monsieur, s'il suffit d'être homme pour
45   nous plaire, pourquoi donc me déplaisez-vous si fort?

BARTHOLO, *stupéfait*.   Pourquoi?... Pourquoi?... Vous ne répon-
dez pas à ma question sur ce barbier.

ROSINE, *outrée*.   Eh bien oui! cet homme est entré chez moi; je
l'ai vu, je lui ai parlé. Je ne vous cache pas même que je l'ai trouvé
50   fort aimable; et puissiez-vous en mourir de dépit!
(Elle sort.)

---

1. *Tout d'un coup* : du même coup que le scellement de la grille.
2. *Honnêtes* : polies, courtoises (expression ironique ici).

Acte II Scènes 3 et 4

L'ENCHAÎNEMENT DES SCÈNES

1. En quoi la scène 3 assure-t-elle la liaison entre la scène précédente et la scène suivante?

2. Analysez l'effet de contraste entre la scène 3 et le début de la scène 4.

LE PLAN DE FIGARO

À travers les propos de Bartholo, Figaro apparaît très efficace.

3. Retrouvez dans l'acte I le passage où il exposait son plan.

4. Parmi les méfaits énumérés par Bartholo au début de la scène 4, n'y en a-t-il pas un qui montre que Figaro aime jouer des tours pour le plaisir? Désignez lequel.

UNE SCÈNE D'AFFRONTEMENT

Rosine découvre ici ce que le spectateur sait déjà par un aparté (voir p. 226) de Bartholo, à la scène 3 de l'acte I : le vieux docteur n'a pas été dupe du stratagème de Rosine. Il est perspicace et a de l'expérience.

5. Relevez toutes les sentences (voir p. 230) de son discours. Parmi celles-ci, quelles sont celles qui le rendent tout de même ridicule?

6. Dans quelle mesure la fin de cette scène préfigure-t-elle la fin de la pièce?

7. Quelle différence existe-t-il entre la Rosine de l'acte I et celle-ci?

L'ACTION

La scène 4 repose sur un retournement de situation.

8. Montrez en quoi il consiste.

9. À quel moment, et pour quelle raison, la scène bascule-t-elle? Par quel procédé scénique Rosine passe-t-elle d'une attitude défensive à une attitude offensive?

SCÈNE 5. BARTHOLO, *seul*.

Oh! les juifs[1], les chiens de valets! La Jeunesse! L'Éveillé!
L'Éveillé maudit!

SCÈNE 6. BARTHOLO, L'ÉVEILLÉ.

L'ÉVEILLÉ *arrive en bâillant, tout endormi*. Aah, aah, ah, ah...

BARTHOLO. Où étais-tu, peste d'étourdi, quand ce barbier est
entré ici?

L'ÉVEILLÉ. Monsieur j'étais... ah, aah, ah...

5 BARTHOLO. À machiner quelque espièglerie, sans doute? Et tu
ne l'as pas vu?

L'ÉVEILLÉ. Sûrement je l'ai vu, puisqu'il m'a trouvé tout
malade, à ce qu'il dit; et faut bien que ça soit vrai, car j'ai
commencé à me douloir[2] dans tous les membres, rien qu'en l'en
10 entendant parl... Ah, ah, aah...

BARTHOLO *le contrefait*. Rien qu'en l'en entendant!.. Où donc
est ce vaurien de La Jeunesse? Droguer ce petit garçon[3] sans mon
ordonnance! Il y a quelque friponnerie là-dessous.

---

1. Le mot « juif » désignait toute personne âpre au gain; ici, l'injure est plus
spontanée qu'adaptée au cas des valets de Bartholo.
2. *Me douloir* : souffrir (le mot est déjà vieux au xviiie siècle).
3. Ce « petit garçon » est L'Éveillé; sa « drogue » a été un somnifère (un
« narcotique »). L'Éveillé est tout jeune, alors que La Jeunesse est « un vieux
domestique » (selon la présentation des personnages).

SCÈNE 7. LES ACTEURS PRÉCÉDENTS ;
LA JEUNESSE *arrive en vieillard avec une canne en béquille ; il éternue plusieurs fois.*

L'ÉVEILLÉ, *toujours bâillant.* La Jeunesse ?

BARTHOLO. Tu éternueras dimanche.

LA JEUNESSE. Voilà plus de cinquante... cinquante fois... dans un moment ! *(Il éternue.)* Je suis brisé.

5 BARTHOLO. Comment ! Je vous demande à tous deux s'il est entré quelqu'un chez Rosine, et vous ne me dites pas que ce barbier...

L'ÉVEILLÉ, *continuant de bâiller.* Est-ce que c'est quelqu'un donc, monsieur Figaro ? Aah ! ah...

10 BARTHOLO. Je parie que le rusé s'entend avec lui.

L'ÉVEILLÉ, *pleurant comme un sot.* Moi... je m'entends !...

LA JEUNESSE, *éternuant.* Eh ! mais monsieur, y a-t-il... y a-t-il de la justice ?...

BARTHOLO. De la justice ! C'est bon entre vous autres 15 misérables, la justice ! Je suis votre maître, moi, pour avoir toujours raison.

LA JEUNESSE, *éternuant.* Mais, pardi, quand une chose est vraie...

BARTHOLO. Quand une chose est vraie ! Si je ne veux pas qu'elle soit vraie, je prétends bien qu'elle ne soit pas vraie. Il n'y aurait 20 qu'à permettre à tous ces faquins-là d'avoir raison, vous verriez bientôt ce que deviendrait l'autorité.

LA JEUNESSE, *éternuant.* J'aime autant recevoir mon congé. Un service terrible, et toujours un train d'enfer !

L'ÉVEILLÉ, *pleurant.* Un pauvre homme de bien est traité comme 25 un misérable.

BARTHOLO. Sors donc, pauvre homme de bien ! *(Il les contrefait.)* Et t'chi et t'cha ; l'un m'éternue au nez, l'autre m'y bâille.

LA JEUNESSE. Ah! monsieur, je vous jure que, sans Mademoiselle, il n'y aurait... il n'y aurait pas moyen de rester
30 dans la maison. *(Il sort en éternuant.)*

BARTHOLO. Dans quel état ce Figaro les a mis tous! Je vois ce que c'est : le maraud[1] voudrait me payer mes cent écus sans bourse délier...

SCÈNE 8. BARTHOLO, DON BAZILE; FIGARO,
caché dans le cabinet, paraît de temps en temps, et les écoute.

BARTHOLO *continue*. Ah! don Bazile, vous veniez donner à Rosine sa leçon de musique?

BAZILE. C'est ce qui presse le moins.

BARTHOLO. J'ai passé chez vous sans vous trouver.

5 BAZILE. J'étais sorti pour vos affaires. Apprenez une nouvelle assez fâcheuse.

BARTHOLO. Pour vous?

BAZILE. Non, pour vous. Le comte Almaviva est en cette ville.

BARTHOLO Parlez bas. Celui qui faisait chercher Rosine dans
10 tout Madrid?

BAZILE. Il loge à la grande place, et sort tous les jours déguisé.

BARTHOLO. Il n'en faut point douter, cela me regarde. Et que faire?

BAZILE. Si c'était un particulier[2], on viendrait à bout de
15 l'écarter.

---

1. *Maraud* : terme de mépris, impliquant une accusation de vol.
2. *Particulier* : quelqu'un d'une condition sociale modeste (le mot s'oppose ici à « noble »).

Bazile, gravure d'Émile Bayard (1837-1891)
pour une édition du *Barbier* publiée en 1876.
Bibliothèque de l'Arsenal, fonds Rondel, Paris.

BARTHOLO.   Oui, en s'embusquant le soir, armé, cuirassé...

BAZILE.   *Bone Deus*[1]*!* se compromettre! Susciter une méchante affaire, à la bonne heure; et pendant la fermentation, calomnier à dire d'experts[2]; *concedo*[3].

20   BARTHOLO.   Singulier moyen de se défaire d'un homme!

BAZILE.   La calomnie, monsieur? Vous ne savez guère ce que vous dédaignez; j'ai vu les plus honnêtes gens près d'en être accablés. Croyez qu'il n'y a pas de plate méchanceté, pas d'horreurs, pas de conte absurde, qu'on ne fasse adopter aux
25   oisifs d'une grande ville, en s'y prenant bien : et nous avons ici des gens d'une adresse!... D'abord un bruit léger, rasant le sol comme hirondelle avant l'orage, *pianissimo*[4], murmure et file, et sème en courant le trait empoisonné. Telle bouche le recueille, et *piano*[5], *piano*, vous le glisse en l'oreille adroitement. Le mal est
30   fait; il germe, il rampe, il chemine, et *rinforzando*[6] de bouche en bouche il va le diable[7], puis tout à coup, ne sais comment, vous voyez calomnie se dresser, siffler, s'enfler, grandir à vue d'œil. Elle s'élance, étend son vol, tourbillonne, enveloppe, arrache, entraîne, éclate et tonne, et devient, grâce au ciel, un cri général,
35   un *crescendo*[8] public, un chorus universel de haine et de proscription[9]. Qui diable y résisterait?

BARTHOLO.   Mais quel radotage me faites-vous donc là, Bazile? Et quel rapport ce *piano-crescendo* peut-il avoir à ma situation?

---

1. *Bone Deus!* : bon Dieu!
2. *À dire d'experts* : avec la même autorité que des experts.
3. *Concedo* : je concède (mot latin utilisé dans l'argumentation scolastique).
4. *Pianissimo* : très lentement (terme de musique).
5. *Piano* : lentement.
6. *Rinforzando* : en renforçant (terme de musique).
7. *Il va le diable* : il va à un train d'enfer.
8. *Crescendo* : en augmentant progressivement la voix ou les instruments.
9. *Proscription* : condamnation sans aucune garantie judiciaire.

BAZILE.   Comment, quel rapport? Ce qu'on fait partout pour
40 écarter son ennemi, il faut le faire ici pour empêcher le vôtre
d'approcher.

BARTHOLO.   D'approcher? Je prétends bien épouser Rosine
avant qu'elle apprenne seulement que ce comte existe.

BAZILE.   En ce cas, vous n'avez pas un instant à perdre.

45 BARTHOLO.   Et à qui tient-il, Bazile? Je vous ai chargé de tous les
détails de cette affaire.

BAZILE.   Oui, mais vous avez lésiné sur les frais; et dans
l'harmonie du bon ordre, un mariage inégal, un jugement inique,
un passe-droit évident, sont des dissonances qu'on doit toujours
50 préparer et sauver par l'accord parfait de l'or.

BARTHOLO, *lui donnant de l'argent.*   Il faut en passer par où vous
voulez; mais finissons.

BAZILE.   Cela s'appelle parler. Demain tout sera terminé; c'est à
vous d'empêcher que personne, aujourd'hui, ne puisse instruire
55 la pupille.

BARTHOLO.   Fiez-vous-en à moi. Viendrez-vous ce soir, Bazile?

BAZILE.   N'y comptez pas. Votre mariage seul m'occupera toute
la journée; n'y comptez pas.

BARTHOLO *l'accompagne.*   Serviteur[1].

60 BAZILE.   Restez, docteur, restez donc.

BARTHOLO.   Non pas. Je veux fermer sur vous la porte de la rue.

---

1. *Serviteur :* formule de politesse pour prendre congé (raccourci de : « je suis
votre serviteur »).

Acte II Scènes 5 à 8

UN COMIQUE DE FARCE

Bartholo retrouve sa colère du début de la scène 4, exacerbée par la réaction de Rosine et tournée cette fois contre ses serviteurs (et non plus contre Figaro). Il s'agit ici d'une illustration des dégâts causés par « le scélérat corsaire de Figaro »; ils avaient simplement été évoqués scène 4; les voici constatables, mis en scène.

1. Quels sont les procédés comiques employés par Beaumarchais?

2. Dans quelle mesure les scènes 6 et 7, au cœur de l'acte II, constituent-elles un intermède (voir p. 228)? Quelle est cependant leur utilité?

BAZILE ENTRE EN SCÈNE

Il a déjà été question de lui dans l'acte I (sc. 5 et 6). Voici sa première apparition, à la scène 8.

3. Citez d'autres exemples de « préparations » à l'entrée des personnages dans le début de la pièce.

4. Dans quelle mesure Bazile correspond-il au portrait qu'en a fait Figaro, scène 6 de l'acte I?

5. Dans la « tirade de la calomnie » (l. 21 à 36), étudiez : a) le procédé d'accumulation ; b) les différentes métaphores (voir p. 226 et 229).

UNE SCÈNE ÉPIÉE

6. Pourquoi la présence de Figaro est-elle une surprise (voir la fin de la scène 2)? À votre avis, pourquoi Figaro doit-il apparaître « de temps en temps » (selon la didascalie initiale de la scène)?

7. Quelles informations importantes recueille-t-il?

8. Pour quelle raison peut-on penser que cette scène va accroître la vigilance de Bartholo?

SCÈNE 9. FIGARO, *seul, sortant du cabinet.*

Oh! la bonne précaution! Ferme, ferme la porte de la rue, et moi je vais la rouvrir au comte en sortant. C'est un grand maraud que ce Bazile! heureusement il est encore plus sot. Il faut un état, une famille, un nom, un rang, de la consistance enfin, pour faire
5 sensation dans le monde en calomniant. Mais un Bazile! il médirait[1], qu'on ne le croirait pas.

SCÈNE 10. ROSINE, *accourant;* FIGARO.

ROSINE. Quoi! vous êtes encore là, monsieur Figaro?

FIGARO. Très heureusement pour vous, mademoiselle. Votre tuteur et votre maître à chanter, se croyant seuls ici, viennent de parler à cœur ouvert...

5 ROSINE. Et vous les avez écoutés, monsieur Figaro? Mais savez-vous que c'est fort mal!

FIGARO. D'écouter? C'est pourtant ce qu'il y a de mieux pour bien entendre. Apprenez que votre tuteur se dispose à vous épouser demain.

10 ROSINE. Ah! grands dieux!

FIGARO. Ne craignez rien; nous lui donnerons tant d'ouvrage qu'il n'aura pas le temps de songer à celui-là.

ROSINE. Le voici qui revient; sortez donc par le petit escalier. Vous me faites mourir de frayeur. *(Figaro s'enfuit.)*

---

1. *Il médirait* : il tiendrait des propos malveillants fondés (alors que « calomnier », c'est dire du mal hors de toute vérité).

SCÈNE 11. BARTHOLO, ROSINE.

ROSINE. Vous étiez ici avec quelqu'un, monsieur?

BARTHOLO. Don Bazile que j'ai reconduit, et pour cause[1]. Vous eussiez mieux aimé que c'eût été monsieur Figaro?

ROSINE. Cela m'est fort égal, je vous assure.

5 BARTHOLO. Je voudrais bien savoir ce que ce barbier avait de si pressé à vous dire?

ROSINE. Faut-il parler sérieusement? Il m'a rendu compte de l'état de Marceline, qui même n'est pas trop bien, à ce qu'il dit.

BARTHOLO. Vous rendre compte! Je vais parier qu'il était chargé
10 de vous remettre quelque lettre.

ROSINE. Et de qui, s'il vous plaît?

BARTHOLO. Oh! de qui! De quelqu'un que les femmes ne nomment jamais. Que sais-je, moi? Peut-être la réponse au papier de la fenêtre.

15 ROSINE, *à part.* Il n'en a pas manqué une seule. *(Haut.)* Vous mériteriez bien que cela fût.

BARTHOLO *regarde les mains de Rosine.* Cela est. Vous avez écrit.

ROSINE, *avec embarras.* Il serait assez plaisant que vous eussiez le projet de m'en faire convenir.

20 BARTHOLO, *lui prenant la main droite.* Moi! point du tout; mais votre doigt est encore taché d'encre! Hein! rusée signora[2]!

ROSINE, *à part.* Maudit homme!

BARTHOLO, *lui tenant toujours la main.* Une femme se croit bien en sûreté, parce qu'elle est seule.

---

1. *Pour cause :* pour refermer la porte de la rue (voir la fin de la scène 8).
2. *Signora :* madame, en italien (le respect de la couleur locale espagnole ferait plutôt attendre *señora*).

25 ROSINE. Ah! sans doute... La belle preuve!... Finissez donc, monsieur, vous me tordez le bras. Je me suis brûlée en chiffonnant[1] autour de cette bougie, et l'on m'a toujours dit qu'il fallait aussitôt tremper dans l'encre : c'est ce que j'ai fait.

BARTHOLO. C'est ce que vous avez fait? Voyons donc si un
30 second témoin confirmera la déposition du premier. C'est ce cahier de papier où je suis certain qu'il y avait six feuilles; car je les compte tous les matins, aujourd'hui encore.

ROSINE, *à part.* Oh! imbécile!

BARTHOLO, *comptant.* Trois, quatre, cinq...

35 ROSINE. La sixième...

BARTHOLO. Je vois bien qu'elle n'y est pas, la sixième.

ROSINE, *baissant les yeux.* La sixième? Je l'ai employée à faire un cornet pour des bonbons que j'ai envoyés à la petite Figaro.

BARTHOLO. À la petite Figaro? Et la plume qui était toute neuve,
40 comment est-elle devenue noire? Est-ce en écrivant l'adresse de la petite Figaro?

ROSINE, *à part.* Cet homme a un instinct de jalousie!... *(Haut.)* Elle m'a servi à retracer une fleur effacée sur la veste que je vous brode au tambour.

45 BARTHOLO. Que cela est édifiant! Pour qu'on vous crût, mon enfant, il faudrait ne pas rougir en déguisant coup sur coup la vérité, mais c'est ce que vous ne savez pas encore.

ROSINE. Eh! qui ne rougirait pas, monsieur, de voir tirer des conséquences aussi malignes des choses les plus innocemment
50 faites?

BARTHOLO. Certes, j'ai tort. Se brûler le doigt, le tremper dans l'encre, faire des cornets aux bonbons pour la petite Figaro, et

---

1. *Chiffonnant :* m'occupant de « chiffons », de tissus ou de lingerie.

dessiner ma veste au tambour! quoi de plus innocent? Mais que
de mensonges entassés pour cacher un seul fait!... « Je suis seule,
55 on ne me voit point; je pourrai mentir à mon aise. » Mais le bout
du doigt reste noir, la plume est tachée, le papier manque! On ne
saurait penser à tout. Bien certainement, signora, quand j'irai par
la ville, un bon double tour me répondra de vous.

SCÈNE 12.   LE COMTE, BARTHOLO, ROSINE.
*(Le comte, en uniforme de cavalerie, ayant l'air d'être entre deux
vins et chantant : « Réveillons-là »[1]; etc.)*

BARTHOLO.   Mais que nous veut cet homme? Un soldat!
Rentrez chez vous, signora.

LE COMTE *chante :*   « Réveillons-là », *et s'avance vers Rosine.* Qui
de vous deux, mesdames, se nomme le docteur Balordo? *(À*
5 *Rosine, bas.)* Je suis Lindor.

BARTHOLO.   Bartholo!

ROSINE, *à part.*   Il parle de Lindor.

LE COMTE.   Balordo[2], Barque à l'eau, je m'en moque comme de
ça. Il s'agit seulement de savoir laquelle des deux... *(À Rosine, lui*
10 *montrant un papier.)* Prenez cette lettre.

BARTHOLO.   Laquelle! Vous voyez bien que c'est moi. Laquelle!
Rentrez donc, Rosine; cet homme paraît avoir du vin.

---

1. *Réveillons-là :* les manuscrits indiquent nettement la présence d'un accent
sur le « a »; il s'agit donc, non pas d'un air sentimental (« Réveillons la
bien-aimée »), mais d'un air à caractère militaire (du genre : « Réveillons-nous
là-dedans »). Le comte adapte son répertoire à son rôle de soldat ivre.
2. *Balordo :* balourd (mot italien).

ROSINE.   C'est pour cela, monsieur; vous êtes seul. Une femme en impose quelquefois.

15 BARTHOLO.   Rentrez, rentrez; je ne suis pas timide[1].

SCÈNE 13.   LE COMTE, BARTHOLO.

LE COMTE.   Oh! je vous ai reconnu d'abord à votre signalement.

BARTHOLO, *au comte, qui serre la lettre.*   Qu'est-ce que c'est donc que vous cachez là dans votre poche?

5 LE COMTE.   Je le cache dans ma poche, pour que vous ne sachiez pas ce que c'est.

BARTHOLO.   Mon signalement! Ces gens-là croient toujours parler à des soldats.

LE COMTE.   Pensez-vous que ce soit une chose si difficile à faire
10 que votre signalement?

> *Le chef branlant, la tête chauve,*
> *Les yeux vairons[2], le regard fauve,*
> *L'air farouche d'un Algonquin[3]...*

BARTHOLO.   Qu'est-ce que cela veut dire? Êtes-vous ici pour
15 m'insulter? Délogez à l'instant.

LE COMTE.   Déloger! Ah! fi! que c'est mal parler! Savez-vous lire, docteur... Barbe à l'eau?

---

1. *Timide* : ici, peureux.
2. *Yeux vairons* : yeux dont l'iris est cerclé de blanc ou qui ne sont pas semblables (ne s'emploie communément qu'à propos des yeux des chevaux).
3. *Algonquin* : membre d'une ethnie indienne du Canada. Sur la musique de ces trois vers, voir p. 204-205.

BARTHOLO.   Autre question saugrenue.

LE COMTE.   Oh! que cela ne vous fasse point de peine car, moi
20 qui suis pour le moins aussi docteur que vous...

BARTHOLO.   Comment cela?

LE COMTE.   Est-ce que je ne suis pas le médecin des chevaux du
régiment? Voilà pourquoi l'on m'a exprès logé chez un confrère.

BARTHOLO.   Oser comparer un maréchal[1]...

LE COMTE.

AIR : *Vive le vin*[2].

(Sans chanter.)
25   *Non, docteur, je ne prétends pas*
          Que notre art obtienne le pas
          Sur Hippocrate[3] *et sa brigade*[4],
(En chantant.)
          Votre savoir, mon camarade,
          Est d'un succès plus général,
30   *Car s'il n'emporte point le mal,*
          Il emporte au moins le malade.
C'est-il poli ce que je vous dis là?

BARTHOLO.   Il vous sied bien, manipuleur[5] ignorant, de ravaler
ainsi le premier, le plus grand et le plus utile des arts!

35 LE COMTE.   Utile tout à fait pour ceux qui l'exercent.

BARTHOLO.   Un art dont le soleil s'honore d'éclairer les succès!

LE COMTE.   Et dont la terre s'empresse de couvrir les bévues.

---

1. *Maréchal* : ici, le maréchal-ferrant (il faisait aussi fonction de vétérinaire).
2. *Vive le vin* : air de Monsigny, emprunté à la pièce de Sedaine *le Déserteur*
(1769). Voir p. 205.
3. *Hippocrate* : médecin grec du ve siècle av. J.-C., considéré comme le père de
la médecine.
4. *Brigade* : troupe (de médecins, en l'occurrence).
5. *Manipuleur* : manipulateur (néologisme de Beaumarchais).

BARTHOLO. On voit bien, mal appris, que vous n'êtes habitué de parler qu'à des chevaux.

40 LE COMTE. Parler à des chevaux? Ah! docteur! pour un docteur d'esprit... N'est-il pas de notoriété que le maréchal guérit toujours ses malades sans leur parler; au lieu que le médecin parle beaucoup aux siens...

BARTHOLO. Sans les guérir, n'est-ce pas?

45 LE COMTE. C'est vous qui l'avez dit.

BARTHOLO. Qui diable envoie ici ce maudit ivrogne?

LE COMTE. Je crois que vous me lâchez des épigrammes[1], L'Amour[2]!

BARTHOLO. Enfin, que voulez-vous? que demandez-vous?

50 LE COMTE, *feignant une grande colère.* Eh bien donc, il s'enflamme! Ce que je veux? Est-ce que vous ne le voyez pas?

---

1. *Épigrammes* : petites pièces de vers d'inspiration satirique.
2. *L'Amour* : cette appellation est ici un surnom (comme La Jeunesse ou L'Éveillé) que donne ironiquement le comte à Bartholo.

Acte II Scènes 9 à 13

BARTHOLO ET BAZILE

1. L'assurance de Figaro dans les scènes 9 et 10 est illusoire : la scène suivante va bien montrer toute la difficulté qu'il y a à duper le vieux docteur. Quelle est donc la fonction de ces deux scènes ?

2. De quelle façon Beaumarchais fait-il la critique du clergé à travers le personnage de Bazile ?

3. Que nous révèle la présence de Bazile sur la personnalité de Bartholo ? Relevez les termes qui peuvent faire de Bazile une sorte de double négatif de Figaro.

L'AFFRONTEMENT BARTHOLO / ROSINE (sc. 11)

Pour la deuxième fois dans cet acte, Rosine et Bartholo sont tête à tête.

4. Comparez la scène 11 avec la scène 4 du même acte.

5. Relevez tous les termes appartenant au vocabulaire policier ou bien pouvant rappeler les techniques de l'interrogatoire. Repérez dans les répliques de Bartholo les maximes ; comparez-les à celles qu'il exprimait au début de la pièce.

6. Distinguez les différentes étapes dans le comportement de Rosine.

SURGISSEMENT (ATTENDU) DU COMTE (sc. 12 et 13)

La tension de la scène précédente est brusquement dissipée à la scène 11 par l'arrivée d'Almaviva jouant l'ivrogne.

7. Quels sont les éléments du comique de la scène 11 ?

8. Sur quel point le comte est-il particulièrement fidèle aux consignes de Figaro ?

9. Comme dans les scènes 2 et 6 de l'acte I, Beaumarchais ménage une place à la chanson : elle est cependant ici d'une inspiration fort différente. Précisez-la.

10. En quoi la première et la dernière réplique de la scène 13 sont-elles amusantes ?

SCÈNE 14.   ROSINE, LE COMTE, BARTHOLO.

ROSINE, *accourant.*   Monsieur le soldat, ne vous emportez point,
de grâce! *(À Bartholo.)* Parlez-lui doucement, monsieur : un
homme qui déraisonne...

LE COMTE.   Vous avez raison; il déraisonne, lui; mais nous
5 sommes raisonnables, nous! Moi poli, et vous jolie... enfin suffit.
La vérité, c'est que je ne veux avoir affaire qu'à vous dans la
maison.

ROSINE.   Que puis-je pour votre service, monsieur le soldat?

LE COMTE.   Une petite bagatelle, mon enfant. Mais s'il y a de
10 l'obscurité dans mes phrases...

ROSINE.   J'en saisirai l'esprit.

LE COMTE, *lui montrant la lettre.*   Non, attachez-vous à la lettre; il
s'agit seulement... mais je dis en tout bien, tout honneur, que
vous me donniez à coucher ce soir.

15 BARTHOLO.   Rien que cela?

LE COMTE.   Pas davantage. Lisez le billet doux que notre
maréchal des logis vous écrit.

BARTHOLO.   Voyons. *(Le comte cache la lettre et lui donne un autre
papier. — Bartholo lit.)* « Le docteur Bartholo recevra, nourrira,
20 hébergera, couchera... »

LE COMTE, *appuyant.*   Couchera.

BARTHOLO.   « Pour une nuit seulement, le nommé Lindor, dit
l'Écolier, cavalier du régiment... »

ROSINE.   C'est lui, c'est lui-même.

25 BARTHOLO, *vivement, à Rosine.*   Qu'est-ce qu'il y a?

LE COMTE.   Eh bien! ai-je tort à présent, docteur Barbaro?

BARTHOLO.   On dirait que cet homme se fait un malin plaisir de
m'estropier de toutes les manières possibles. Allez au diable,
Barbaro! Barbe à l'eau! et dites à votre impertinent maréchal des

110

30 logis que depuis mon voyage à Madrid, je suis exempt de loger des gens de guerre.

LE COMTE, *à part.* Ô ciel! fâcheux contretemps!

BARTHOLO. Ah! ah! notre ami, cela vous contrarie et vous dégrise un peu! Mais n'en décampez pas moins à l'instant.

35 LE COMTE, *à part.* J'ai pensé[1] me trahir. *(Haut.)* Décamper! Si vous êtes exempt de gens de guerre, vous n'êtes pas exempt de politesse, peut-être? Décamper! Montrez-moi votre brevet d'exemption[2]; quoique je ne sache pas lire, je verrai bientôt.

BARTHOLO. Qu'à cela ne tienne. Il est dans ce bureau.

40 LE COMTE, *pendant qu'il y va, dit, sans quitter sa place.* Ah! ma belle Rosine!

ROSINE. Quoi, Lindor, c'est vous?

LE COMTE. Recevez au moins cette lettre.

ROSINE. Prenez garde, il a les yeux sur nous.

45 LE COMTE. Tirez votre mouchoir, je la laisserai tomber. *(Ils s'approchent.)*

BARTHOLO. Doucement, doucement, seigneur soldat, je n'aime point qu'on regarde ma femme de si près.

LE COMTE. Elle est votre femme?

BARTHOLO. Eh quoi donc?

50 LE COMTE. Je vous ai pris pour son bisaïeul paternel, maternel, sempiternel; il y a au moins trois générations entre elle et vous.

BARTHOLO *lit un parchemin.* « Sur les bons et fidèles témoignages qui nous ont été rendus... »

---

1. *J'ai pensé :* j'ai failli.
2. *Brevet d'exemption :* attestation délivrée par l'autorité militaire exemptant de la charge d'héberger des soldats en campagne.

LE COMTE *donne un coup de main sous les parchemins, qui les envoie au plancher.* Est-ce que j'ai besoin de tout ce verbiage?

55 BARTHOLO. Savez-vous bien, soldat, que si j'appelle mes gens, je vous fais traiter sur-le-champ comme vous le méritez?

LE COMTE. Bataille? Ah! volontiers, bataille! c'est mon métier, à moi *(montrant son pistolet de ceinture),* et voici de quoi leur jeter de la poudre aux yeux. Vous n'avez peut-être jamais vu de bataille,
60 madame?

ROSINE. Ni ne veux en voir.

LE COMTE. Rien n'est pourtant aussi gai que bataille. Figurez-vous *(poussant le docteur)* d'abord que l'ennemi est d'un côté du ravin, et les amis de l'autre. *(À Rosine en lui montrant la*
65 *lettre.)* Sortez le mouchoir. *(Il crache à terre.)* Voilà le ravin, cela s'entend. *(Rosine tire son mouchoir; le comte laisse tomber la lettre entre elle et lui.)*

BARTHOLO, *se baissant.* Ah! ah!

LE COMTE *la reprend et dit :* Tenez... moi qui allais vous apprendre ici les secrets de mon métier... Une femme bien
70 discrète, en vérité! Ne voilà-t-il pas un billet doux qu'elle laisse tomber de sa poche?

BARTHOLO. Donnez, donnez.

LE COMTE. *Dulciter*[1], papa! chacun son affaire. Si une ordonnance de rhubarbe était tombée de la vôtre?

75 ROSINE *avance la main.* Ah! je sais ce que c'est, monsieur le soldat. *(Elle prend la lettre, qu'elle cache dans la petite poche de son tablier.)*

BARTHOLO. Sortez-vous enfin?

LE COMTE. Eh bien, je sors. Adieu, docteur; sans rancune. Un

---

1. *Dulciter :* doucement (en bas latin).

petit compliment, mon cœur : priez la mort de m'oublier encore
80 quelques campagnes ; la vie ne m'a jamais été si chère.

BARTHOLO.   Allez toujours. Si j'avais ce crédit-là sur la mort...

LE COMTE.   Sur la mort ! Ah ! docteur ! vous faites tant de choses
pour elle, qu'elle n'a rien à vous refuser. *(Il sort.)*

SCÈNE 15.   BARTHOLO, ROSINE.

BARTHOLO *le regarde aller.*   Il est enfin parti ! *(À part.)*
Dissimulons.

ROSINE.   Convenez pourtant, monsieur, qu'il est bien gai, ce
jeune soldat ! À travers son ivresse, on voit qu'il ne manque ni
5 d'esprit, ni d'une certaine éducation.

BARTHOLO.   Heureux, m'amour, d'avoir pu nous en délivrer !
Mais n'es-tu pas un peu curieuse de lire avec moi le papier qu'il
t'a remis ?

ROSINE.   Quel papier ?

10 BARTHOLO.   Celui qu'il a feint de ramasser pour te le faire
accepter.

ROSINE.   Bon ! c'est la lettre de mon cousin l'officier, qui était
tombée de ma poche.

BARTHOLO.   J'ai idée, moi, qu'il l'a tirée de la sienne.

15 ROSINE.   Je l'ai très bien reconnue.

BARTHOLO.   Qu'est-ce qu'il coûte d'y regarder ?

ROSINE.   Je ne sais pas seulement ce que j'en ai fait.

BARTHOLO, *montrant la pochette*[1].   Tu l'as mise là.

---

1. *Pochette :* petite poche (celle du tablier ; voir la scène précédente).

ROSINE.   Ah! ah! par distraction.

20   BARTHOLO.   Ah! sûrement. Tu vas voir que ce sera quelque folie.

ROSINE, *à part.*   Si je ne le mets pas en colère, il n'y aura pas moyen de refuser.

BARTHOLO.   Donne donc, mon cœur.

ROSINE.   Mais quelle idée avez-vous en insistant, monsieur?
25   Est-ce encore quelque méfiance?

BARTHOLO.   Mais vous, quelle raison avez-vous de ne pas le montrer?

ROSINE.   Je vous répète, monsieur, que ce papier n'est autre que la lettre de mon cousin, que vous m'avez rendue hier toute
30   décachetée; et puisqu'il en est question, je vous dirai tout net que cette liberté me déplaît excessivement.

BARTHOLO.   Je ne vous entends pas.

ROSINE.   Vais-je examiner les papiers qui vous arrivent? Pourquoi vous donnez-vous les airs de toucher à ceux qui me
35   sont adressés? Si c'est jalousie, elle m'insulte; s'il s'agit de l'abus d'une autorité usurpée, j'en suis plus révoltée encore.

BARTHOLO.   Comment, révoltée! Vous ne m'avez jamais parlé ainsi.

ROSINE.   Si je me suis modérée jusqu'à ce jour, ce n'était pas
40   pour vous donner le droit de m'offenser impunément.

BARTHOLO.   De quelle offense parlez-vous?

ROSINE.   C'est qu'il est inouï qu'on se permette d'ouvrir les lettres de quelqu'un.

BARTHOLO.   De sa femme?

45   ROSINE.   Je ne la suis pas[1] encore. Mais pourquoi lui

---

1. *Je ne la suis pas :* dans cet emploi, le pronom attribut s'accordait en genre et en nombre avec le sujet; il est neutre aujourd'hui (« je ne le suis pas »).

donnerait-on la préférence d'une indignité qu'on ne fait à personne?

BARTHOLO. Vous voulez me faire prendre le change et détourner mon attention du billet, qui sans doute est une
50 missive de quelque amant! Mais je le verrai, je vous assure.

ROSINE. Vous ne le verrez pas. Si vous m'approchez, je m'enfuis de cette maison, et je demande retraite[1] au premier venu.

BARTHOLO. Qui ne vous recevra point.

55 ROSINE. C'est ce qu'il faudra voir.

BARTHOLO. Nous ne sommes pas ici en France, où l'on donne toujours raison aux femmes; mais, pour vous en ôter la fantaisie, je vais fermer la porte.

ROSINE, *pendant qu'il y va.* Ah ciel! que faire? Mettons vite à la
60 place la lettre de mon cousin, et donnons-lui beau jeu à la prendre. *(Elle fait l'échange, et met la lettre du cousin dans sa pochette, de façon qu'elle sorte un peu.)*

BARTHOLO, *revenant.* Ah! j'espère maintenant la voir.

ROSINE. De quel droit, s'il vous plaît?

BARTHOLO. Du droit le plus universellement reconnu, celui du
65 plus fort.

ROSINE. On me tuera plutôt que de l'obtenir de moi.

BARTHOLO, *frappant du pied.* Madame! madame!...

ROSINE *tombe sur un fauteuil et feint de se trouver mal.* Ah! quelle indignité!...

70 BARTHOLO. Donnez cette lettre, ou craignez ma colère.

ROSINE, *renversée.* Malheureuse Rosine!

---

1. *Retraite* : asile.

BARTHOLO.   Qu'avez-vous donc?

ROSINE.   Quel avenir affreux!

BARTHOLO.   Rosine!

75 ROSINE.   J'étouffe de fureur!

BARTHOLO.   Elle se trouve mal.

ROSINE.   Je m'affaiblis, je meurs.

BARTHOLO, *à part.*   Dieux! la lettre! Lisons-la sans qu'elle en soit instruite. *(Il lui tâte le pouls, et prend la lettre qu'il tâche de lire en se tournant un peu.)*

80 ROSINE, *toujours renversée.*   Infortunée! ah!

BARTHOLO *lui quitte le bras, et dit à part :*   Quelle rage a-t-on d'apprendre ce qu'on craint toujours de savoir!

ROSINE.   Ah! pauvre Rosine!

BARTHOLO.   L'usage des odeurs[1]... produit ces affections
85 spasmodiques. *(Il lit par-derrière le fauteuil en lui tâtant le pouls. Rosine se relève un peu, le regarde finement, fait un geste de tête, et se remet sans parler.)*

BARTHOLO, *à part.*   Ô ciel! c'est la lettre de son cousin. Maudite inquiétude! Comment l'apaiser maintenant? Qu'elle ignore au moins que je l'ai lue. *(Il fait semblant de la soutenir, et remet la lettre dans la pochette.)*

ROSINE *soupire.*   Ah!...

90 BARTHOLO.   Eh bien! ce n'est rien, mon enfant; un petit mouvement de vapeurs[2], voilà tout; car ton pouls n'a seulement pas varié. *(Il va prendre un flacon sur la console.)*

---

1. *Odeurs :* parfums (employé au pluriel et sans épithète, le mot signifiait toujours « bonnes odeurs »).
2. *Vapeurs :* exhalaisons morbides montant des organes au cerveau et provoquant divers malaises, selon la médecine de l'époque.

ROSINE, *à part.*   Il a remis la lettre! fort bien.

BARTHOLO.   Ma chère Rosine, un peu de cette eau spiritueuse[1].

95 ROSINE.   Je ne veux rien de vous; laissez-moi.

BARTHOLO.   Je conviens que j'ai montré trop de vivacité sur ce billet.

ROSINE.   Il s'agit bien du billet! C'est votre façon de demander les choses qui est révoltante.

100 BARTHOLO, *à genoux.*   Pardon; j'ai bientôt senti tous mes torts, et tu me vois à tes pieds, prêt à les réparer.

ROSINE.   Oui, pardon! lorsque vous croyez que cette lettre ne vient pas de mon cousin.

BARTHOLO.   Qu'elle soit d'un autre ou de lui, je ne veux aucun 105 éclaircissement.

ROSINE, *lui présentant la lettre.*   Vous voyez qu'avec de bonnes façons on obtient tout de moi. Lisez-la.

BARTHOLO.   Cet honnête procédé dissiperait mes soupçons, si j'étais assez malheureux pour en conserver.

110 ROSINE.   Lisez-la donc, monsieur.

BARTHOLO *se retire.*   À Dieu ne plaise que je te fasse une pareille injure!

ROSINE.   Vous me contrariez de la refuser.

BARTHOLO.   Reçois en réparation cette marque de ma parfaite 115 confiance. Je vais voir la pauvre Marceline, que ce Figaro a, je ne sais pourquoi, saignée au pied; n'y viens-tu pas aussi?

ROSINE.   J'y monterai dans un moment.

---

1. *Eau spiritueuse* : eau alcoolisée, utilisée traditionnellement contre les évanouissements.

BARTHOLO. Puisque la paix est faite, mignonne, donne-moi ta main. Si tu pouvais m'aimer, ah! comme tu serais heureuse!

120 ROSINE, *baissant les yeux.* Si vous pouviez me plaire, ah! comme je vous aimerais.

BARTHOLO. Je te plairai, je te plairai; quand je te dis que je te plairai! *(Il sort.)*

SCÈNE 16. ROSINE *le regarde aller.*

Ah! Lindor! il dit qu'il me plaira!... Lisons cette lettre qui a manqué de me causer tant de chagrin. *(Elle lit et s'écrie.)* Ah!... j'ai lu trop tard : il me recommande de tenir une querelle ouverte avec mon tuteur; j'en avais une si bonne, et je l'ai laissée
5 échapper! En recevant la lettre, j'ai senti que je rougissais jusqu'aux yeux. Ah! mon tuteur a raison : je suis bien loin d'avoir cet usage du monde qui, me dit-il souvent, assure le maintien des femmes en toute occasion! Mais un homme injuste parviendrait à faire une rusée de l'innocence même.

Acte II Scènes 14 à 16

DEUX OBSTACLES IMPRÉVUS (sc. 14)

Dans cette scène, Beaumarchais a su par deux fois relancer l'intérêt de l'action : d'abord en faisant échouer la ruse du billet de logement ; ensuite en ôtant toute discrétion au tour de passe-passe du comte cherchant à remettre son billet à Rosine. Mais, chaque fois, la catastrophe est évitée.

1. Comment Almaviva tire-t-il parti du premier contretemps ?

2. À votre avis, pourquoi Bartholo n'insiste-t-il pas pour avoir la lettre tombée à terre ?

3. L'enjeu de l'action est un geste simple en lui-même : donner la lettre à Rosine. Mais ce geste se heurte à des difficultés. D'où l'importance du comique visuel dans la seconde partie de la scène. Quelle est la réplique qui exprime bien la primauté du geste sur la parole ?

4. Beaumarchais utilise le schéma comique du trompeur trompé : analysez sa mise en œuvre dans cette scène.

5. Mais le comique repose aussi sur le langage : relevez ce qui appartient au registre de la farce (voir p. 228).

6. Un comique plus subtil a cependant sa place : analysez, à ce propos, les deux emplois de « billet doux » dans cette scène.

UNE SCÈNE D'AFFRONTEMENT (sc. 15)

C'est la troisième fois, dans cet acte II, que Rosine et Bartholo s'affrontent.

7. Comparez cette scène aux deux précédentes (sc. 4 et 11) et montrez sa spécificité en analysant son mouvement (point de départ, point d'arrivée, moments successifs).

8. Quelle est la stratégie adoptée d'abord par Rosine pour se tirer d'affaire ? À partir de quel moment en imagine-t-elle une autre ? Et laquelle ?

9. Analysez les jeux de scène indiqués par Beaumarchais et leurs effets comiques.

ROSINE REVENUE À ELLE-MÊME (sc. 16)

10. À votre avis, pourquoi Beaumarchais ne livre-t-il pas le contenu de la lettre?

11. En quoi ce bref monologue est-il un commentaire de la scène précédente? Quelle est à cet égard son utilité?

12. En quoi termine-t-il habilement l'acte?

Ensemble de l'acte II

1. Le lieu de l'action est à l'intérieur, et non plus dans la rue. Mais un élément est commun à ce décor et à celui de l'acte I. Lequel?

2. Analysez la didascalie présentant ce décor : n'exprime-t-elle pas avec insistance un thème essentiel de la pièce? Nommez et commentez ce thème.

3. L'acte II est encadré par deux monologues de Rosine : comparez-les. Quels effets découlent de ce procédé d'encadrement?

4. Cet acte fait apparaître les difficultés de l'entreprise. Le plan imaginé par Figaro commence à être mis en œuvre avec succès dans un premier temps, mais il se heurte ensuite à des complications imprévues. Fort heureusement, Rosine se révèle capable de ruse, elle aussi, et sauve finalement la situation. Montrez comment cet acte est habilement conçu pour donner tout son intérêt à l'action dramatique.

Acte III

SCÈNE PREMIÈRE.   BARTHOLO, *seul et désolé.*

Quelle humeur! quelle humeur! Elle paraissait apaisée... Là,
qu'on me dise qui diable lui a fourré dans la tête de ne plus
vouloir prendre leçon de don Bazile! Elle sait qu'il se mêle de
mon mariage... *(On heurte à la porte.)* Faites tout au monde pour
5 plaire aux femmes; si vous omettez un seul petit point... je dis un
seul... *(On heurte une seconde fois.)* Voyons qui c'est.

SCÈNE 2.   BARTHOLO, LE COMTE, *en bachelier.*

Le Comte.   Que la paix et la joie habitent toujours céans[1]!

Bartholo, *brusquement.*   Jamais souhait ne vint plus à propos.
Que voulez-vous?

Le Comte.   Monsieur, je suis Alonzo, bachelier, licencié...

5 Bartholo.   Je n'ai pas besoin de précepteur.

Le Comte.   ... élève de don Bazile, organiste du grand couvent,
qui a l'honneur de montrer la musique à madame votre...

Bartholo.   Bazile! organiste! qui a l'honneur!... Je le sais; au
fait.

10 Le Comte, *à part.*   Quel homme! *(Haut.)* Un mal subit qui le
force à garder le lit...

---

1. *Céans* : ici, dedans (le mot s'employait surtout à propos de la maison).

BARTHOLO.   Garder le lit! Bazile! Il a bien fait d'envoyer[1]; je vais le voir à l'instant.

LE COMTE, *à part.*   Oh! diable! *(Haut.)* Quand je dis le lit,
15 monsieur, c'est... la chambre que j'entends[2].

BARTHOLO.   Ne fût-il qu'incommodé... Marchez devant, je vous suis.

LE COMTE, *embarrassé.*   Monsieur, j'étais chargé... Personne ne peut-il nous entendre?

20 BARTHOLO, *à part.*   C'est quelque fripon... *(Haut.)* Eh non, monsieur le mystérieux! parlez sans vous troubler, si vous pouvez.

LE COMTE, *à part.*   Maudit vieillard! *(Haut.)* Don Bazile m'avait chargé de vous apprendre...

25 BARTHOLO.   Parlez haut, je suis sourd d'une oreille.

LE COMTE, *élevant la voix.*   Ah! volontiers. Que le comte Almaviva, qui restait à la grande place...

BARTHOLO, *effrayé.*   Parlez bas, parlez bas!

LE COMTE, *plus haut.*   ... en est délogé ce matin. Comme c'est
30 par moi qu'il a su que le comte Almaviva...

BARTHOLO.   Bas; parlez bas, je vous prie.

LE COMTE, *du même ton.*   ... était en cette ville, et que j'ai découvert que la signora Rosine lui a écrit...

BARTHOLO.   Lui a écrit? Mon cher ami, parlez plus bas, je vous
35 en conjure! Tenez, asseyons-nous, et jasons d'amitié. Vous avez découvert, dites-vous, que Rosine...

---

1. *Envoyer* : employé sans complément, ce verbe signifiait « envoyer un messager ».
2. *Que j'entends* : que je veux dire.

Bartholo (Roland Bertin), le comte (Jean-Pierre Michael)
et Rosine (Anne Kessler).
Mise en scène de Jean-Luc Boutté, Comédie-Française, 1990.

128

LE COMTE, *fièrement.*   Assurément. Bazile, inquiet pour vous de cette correspondance, m'avait prié de vous montrer sa lettre ; mais la manière dont vous prenez les choses...

40 BARTHOLO.   Eh! mon Dieu! je les prends bien. Mais ne vous est-il donc pas possible de parler plus bas?

LE COMTE.   Vous êtes sourd d'une oreille, avez-vous dit.

BARTHOLO.   Pardon, pardon, seigneur Alonzo, si vous m'avez trouvé méfiant et dur ; mais je suis tellement entouré d'intrigants,
45 de pièges... Et puis votre tournure, votre âge, votre air... Pardon, pardon. Eh bien! vous avez la lettre?

LE COMTE.   À la bonne heure sur ce ton, monsieur! Mais je crains qu'on ne soit aux écoutes.

BARTHOLO.   Et qui voulez-vous? Tous mes valets sur les dents[1]!
50 Rosine enfermée de fureur! Le diable est entré chez moi. Je vais encore m'assurer... *(Il va ouvrir doucement la porte de Rosine.)*

LE COMTE, *à part.*   Je me suis enferré de dépit. Garder la lettre à présent! Il faudra m'enfuir : autant vaudrait n'être pas venu... La lui montrer... Si je puis en prévenir Rosine, la montrer est un
55 coup de maître.

BARTHOLO *revient sur la pointe du pied.*   Elle est assise auprès de sa fenêtre, le dos tourné à la porte, occupée à relire une lettre de son cousin l'officier, que j'avais décachetée... Voyons donc la sienne.

60 LE COMTE *lui remet la lettre de Rosine.*   La voici. *(À part.)* C'est ma lettre qu'elle relit.

BARTHOLO *lit.*   « Depuis que vous m'avez appris votre nom et votre état. » Ah! la perfide! c'est bien là sa main.

---

1. *Sur les dents :* harassés, accablés de fatigue.

Le Comte, *effrayé.*   Parlez donc bas à votre tour.

65 Bartholo.   Quelle obligation, mon cher!...

Le Comte.   Quand tout sera fini, si vous croyez m'en devoir, vous serez le maître. D'après un travail que fait actuellement don Bazile avec un homme de loi...

Bartholo.   Avec un homme de loi, pour mon mariage?

70 Le Comte.   Sans doute. Il m'a chargé de vous dire que tout peut être prêt pour demain. Alors, si elle résiste...

Bartholo.   Elle résistera.

Le Comte *veut reprendre la lettre, Bartholo la serre.*   Voilà l'instant où je puis vous servir; nous lui montrerons sa lettre, et s'il le faut 75 *(plus mystérieusement),* j'irai jusqu'à lui dire que je la tiens d'une femme à qui le comte l'a sacrifiée[1]. Vous sentez que le trouble, la honte, le dépit, peuvent la porter sur-le-champ...

Bartholo, *riant.*   De la calomnie! Mon cher ami, je vois bien maintenant que vous venez de la part de Bazile!... Mais pour que 80 ceci n'eût pas l'air concerté, ne serait-il pas bon qu'elle vous connût d'avance?

Le Comte *réprime un grand mouvement de joie.*   C'était assez l'avis de don Bazile. Mais comment faire? Il est tard... au peu de temps qui reste...

85 Bartholo.   Je dirai que vous venez en sa place. Ne lui donnerez-vous pas bien une leçon?

Le Comte.   Il n'y a rien que je ne fasse pour vous plaire. Mais prenez garde que toutes ces histoires de maîtres supposés sont de vieilles finesses, des moyens de comédie. Si elle va se 90 douter?...

---

1. *L'a sacrifiée :* a fait le sacrifice de cette lettre, pour lui prouver que Rosine ne lui est plus rien (voir aussi IV, 3, note 2, p. 157).

BARTHOLO.   Présenté par moi, quelle apparence[1]? Vous avez plus l'air d'un amant déguisé que d'un ami officieux[2].

LE COMTE.   Oui? Vous croyez donc que mon air peut aider à la tromperie?

95 BARTHOLO.   Je le donne au plus fin à deviner. Elle est ce soir d'une humeur horrible. Mais quand elle ne ferait que vous voir... Son clavecin est dans ce cabinet. Amusez-vous en l'attendant; je vais faire l'impossible pour l'amener.

LE COMTE.   Gardez-vous bien de lui parler de la lettre.

100 BARTHOLO.   Avant l'instant décisif? Elle perdrait tout son effet. Il ne faut pas me dire deux fois les choses; il ne faut pas me les dire deux fois. *(Il s'en va.)*

---

1. *Quelle apparence?* : quelle vraisemblance? (c'est-à-dire : comment peut-il paraître vraisemblable que Bartholo introduise lui-même un imposteur dans la maison?).
2. *Officieux* : serviable.

Acte III Scènes 1 et 2

L'EMPLOI DU MONOLOGUE

1. Comment le monologue de la scène 1 se trouve-t-il relié à celui de Rosine, à la fin de l'acte II ?

2. Comparez ce monologue d'ouverture à ceux des deux actes précédents.

SCÈNE 2 : UNE GAGEURE DRAMATURGIQUE

3. On peut aisément distinguer trois temps dans la scène 2 : Bartholo passe de la méfiance à la confiance, puis à la complicité. Il y a donc non seulement retournement de situation, mais surenchère, puisque le trompé se fait l'auxiliaire (voir p. 226) de son trompeur. Repérez les articulations de cette scène.

4. Beaumarchais aime jouer avec la difficulté. Il imagine dans la scène 2 une situation où le héros livre à son adversaire, volontairement, une arme redoutable, qui semble devoir rendre impossible le dénouement (voir p. 227) heureux attendu dans une comédie. Pourquoi Almaviva est-il amené à proposer la lettre de Rosine ? (Expliquez notamment la phrase : « Je me suis enferré de dépit », l. 52).

5. L'imprudence d'Almaviva peut devenir, pense-t-il, « un coup de maître » à une condition : « en prévenir Rosine » (l. 54-55) ; en quoi Beaumarchais se montre-t-il ici habile dramaturge ?

LE COMIQUE D'UN DIALOGUE INEGAL

6. L'un des deux personnages en scène ignore l'identité de son interlocuteur. Cette situation vous semble-t-elle vraisemblable ? L'amusement et le plaisir du spectateur viennent de ce qu'il bénéficie d'une information complète sur la situation. Il est ainsi capable de donner aux répliques du comte un autre sens que celui qui est perçu par Bartholo : donnez quelques exemples.

7. Dans d'autres cas, Bartholo ne voit pas l'exacte portée de ce qu'il dit. Donnez-en quelques exemples.

SCÈNE 3.   LE COMTE, *seul.*

Me voilà sauvé. Ouf! Que ce diable d'homme est rude à manier!
Figaro le connaît bien. Je me voyais mentir; cela me donnait un
air plat et gauche; et il a des yeux!... Ma foi, sans l'inspiration
subite de la lettre, il faut l'avouer, j'étais éconduit comme un sot.
5 Ô ciel! on dispute là-dedans. Si elle allait s'obstiner à ne pas
venir! Écoutons... Elle refuse de sortir de chez elle, et j'ai perdu le
fruit de ma ruse. *(Il retourne écouter.)* La voici; ne nous montrons
pas d'abord. *(Il entre dans le cabinet.)*

SCÈNE 4.   LE COMTE, ROSINE, BARTHOLO.

ROSINE, *avec une colère simulée.*   Tout ce que vous direz est
inutile, monsieur. J'ai pris mon parti; je ne veux plus entendre
parler de musique.

BARTHOLO.   Écoute donc, mon enfant; c'est le seigneur Alonzo,
5 l'élève et l'ami de don Bazile, choisi par lui pour être un de nos
témoins. La musique te calmera, je t'assure.

ROSINE.   Oh! pour cela vous pouvez vous en détacher[1]. Si je
chante ce soir!... Où donc est-il ce maître que vous craignez de
renvoyer? Je vais, en deux mots, lui donner son compte, et celui
10 de Bazile. *(Elle aperçoit son amant; elle fait un cri.)* Ah!...

BARTHOLO.   Qu'avez-vous?

---

1. *Vous en détacher :* vous défaire de cette idée.

Rosine, *les deux mains sur son cœur, avec un grand trouble.* Ah!
mon Dieu, monsieur... Ah! mon Dieu, monsieur...

Bartholo. Elle se trouve encore mal! Seigneur Alonzo!

15 Rosine. Non, je ne me trouve pas mal... mais c'est qu'en me
tournant... Ah!...

Le Comte. Le pied vous a tourné, madame?

Rosine. Ah! oui, le pied m'a tourné. Je me suis fait un mal
horrible.

20 Le Comte. Je m'en suis bien aperçu.

Rosine, *regardant le comte.* Le coup m'a porté au cœur.

Bartholo. Un siège, un siège. Et pas un fauteuil ici? *(Il va le
chercher.)*

Le Comte. Ah! Rosine!

Rosine. Quelle imprudence!

25 Le Comte. J'ai mille choses essentielles à vous dire.

Rosine. Il ne nous quittera pas.

Le Comte. Figaro va venir nous aider.

Bartholo *apporte un fauteuil.* Tiens, mignonne, assieds-toi.
— Il n'y a pas d'apparence, bachelier, qu'elle prenne de leçon
30 ce soir; ce sera pour un autre jour. Adieu.

Rosine, *au comte.* Non, attendez, ma douleur est un peu
apaisée. *(À Bartholo.)* Je sens que j'ai eu tort avec vous, monsieur.
Je veux vous imiter, en réparant sur-le-champ...

Bartholo. Oh! le bon petit naturel de femme! Mais, après une
35 pareille émotion, mon enfant, je ne souffrirai pas que tu fasses le
moindre effort. Adieu, adieu, bachelier.

Rosine, *au comte.* Un moment, de grâce! *(À Bartholo.)* Je croirai,
monsieur, que vous n'aimez pas à m'obliger, si vous
m'empêchez de vous prouver mes regrets en prenant ma leçon.

40 Le Comte, *à part, à Bartholo.* Ne la contrariez pas, si vous m'en
croyez.

BARTHOLO. Voilà qui est fini, mon amoureuse. Je suis si loin de chercher à te déplaire que je veux rester là tout le temps que tu vas étudier.

45 ROSINE. Non, monsieur. Je sais que la musique n'a nul attrait pour vous.

BARTHOLO. Je t'assure que ce soir elle m'enchantera.

ROSINE, *au comte, à part.* Je suis au supplice.

LE COMTE, *prenant un papier de musique sur le pupitre.* Est-ce là
50 ce que vous voulez chanter, madame?

ROSINE. Oui, c'est un morceau très agréable de *la Précaution inutile.*

BARTHOLO. Toujours *la Précaution inutile!*

LE COMTE. C'est ce qu'il y a de plus nouveau aujourd'hui.
55 C'est une image du printemps, d'un genre assez vif. Si madame veut l'essayer...

ROSINE, *regardant le comte.* Avec grand plaisir : un tableau du printemps me ravit; c'est la jeunesse de la nature. Au sortir de l'hiver, il semble que le cœur acquière un plus haut degré de
60 sensibilité; comme un esclave, enfermé depuis longtemps, goûte avec plus de plaisir le charme de la liberté qui vient de lui être offerte.

BARTHOLO, *bas au comte.* Toujours des idées romanesques en tête.

65 LE COMTE, *bas.* En sentez-vous l'application[1]?

BARTHOLO. Parbleu! *(Il va s'asseoir dans le fauteuil qu'a occupé Rosine.)*

---

1. *En sentez-vous l'application?* : comprenez-vous à quoi s'appliquent les propos de Rosine?

Rosine *chante.* [1]

3

Quand dans la plaine,
L'amour ramène
   Le printemps
70 Si chéri des amants,
    Tout reprend l'être,
    Son feu pénètre
    Dans les fleurs
Et dans les jeunes cœurs.
75   On voit les troupeaux
     Sortir des hameaux ;
     Dans tous les coteaux
     Les cris des agneaux
     Retentissent ;
80   Ils bondissent ;
     Tout fermente,
     Tout augmente ;
     Les brebis paissent
     Les fleurs qui naissent ;
85   Les chiens fidèles
     Veillent sur elles ;
Mais Lindor enflammé

---

1. Cette ariette, dans le goût espagnol, fut chantée le premier jour à Paris, malgré les huées, les rumeurs et le train usités au parterre en ces jours de crise et de combat. La timidité de l'actrice l'a depuis empêchée d'oser la redire, et les jeunes rigoristes du théâtre l'ont fort louée de cette réticence. Mais si la dignité de la Comédie-Française y a gagné quelque chose, il faut convenir que *le Barbier de Séville* y a beaucoup perdu. C'est pourquoi sur les théâtres où quelque peu de musique ne tirera pas à conséquence, nous invitons tous directeurs à la restituer, tous acteurs à la chanter, tous spectateurs à l'écouter, et tous critiques à nous la pardonner, en faveur du genre de la pièce et du plaisir que leur fera le morceau. (Note de Beaumarchais.) Voir p. 192-193 et 205 à 208.

> *Ne songe guère*
> *Qu'au bonheur d'être aimé*
> 90   *De sa bergère.*

MÊME AIR

> *Loin de sa mère*
> *Cette bergère*
> *Va chantant*
> *Où son amant l'attend.*
> 95   *Par cette ruse,*
> *L'amour l'abuse;*
> *Mais chanter*
> *Sauve-t-il du danger?*
> *Les doux chalumeaux,*
> 100   *Les chants des oiseaux,*
> *Ses charmes naissants,*
> *Ses quinze ou seize ans,*
> *Tout l'excite,*
> *Tout l'agite;*
> 105   *La pauvrette*
> *S'inquiète.*
> *De sa retraite,*
> *Lindor la guette;*
> *Elle s'avance;*
> 110   *Lindor s'élance;*
> *Il vient de l'embrasser :*
> *Elle, bien aise,*
> *Feint de se courroucer*
> *Pour qu'on l'apaise.*

PETITE REPRISE

> 115   *Les soupirs,*
> *Les soins, les promesses,*
> *Les vives tendresses,*
> *Les plaisirs,*
> *Le fin badinage,*

132

120   *Sont mis en usage;*
       Et bientôt la bergère
       Ne sent plus de colère.

       Si quelque jaloux
       Trouble un lien si doux,
125   *Nos amants d'accord*
       Ont un soin extrême...
       De voiler leur transport;
       Mais quand on s'aime,
       La gêne ajoute encor
130   *Au plaisir même.*

(En l'écoutant, Bartholo s'est assoupi. Le comte, pendant la petite reprise, se hasarde à prendre une main qu'il couvre de baisers. L'émotion ralentit le chant de Rosine, l'affaiblit, et finit même par lui couper la voix au milieu de la cadence, au mot « extrême ». L'orchestre suit le mouvement de la chanteuse, affaiblit son jeu, et se tait avec elle. L'absence du bruit[1] qui avait endormi Bartholo, le réveille. Le comte se relève, Rosine et l'orchestre reprennent subitement la suite de l'air. Si la petite reprise se répète, le même jeu recommence, etc.)

LE COMTE.   En vérité, c'est un morceau charmant, et madame l'exécute avec une intelligence...

ROSINE.   Vous me flattez, seigneur; la gloire est tout entière au maître.

135 BARTHOLO, *bâillant.*   Moi, je crois que j'ai un peu dormi pendant le morceau charmant. J'ai mes malades. Je vais, je viens, je toupille[2], et sitôt que je m'assieds, mes pauvres jambes... *(Il se lève et pousse le fauteuil.)*

---

1. *Bruit* : au XVIIIᵉ siècle, ce mot pouvait désigner aussi « un assemblage de sons agréables » (*Dictionnaire de Trévoux*). Même emploi dans la dernière didascalie de l'acte (« celui qui est gravé dans le recueil de la musique du *Barbier* »), où « celui » a pour antécédent « bruit » (mais dans son acception actuelle : « bruit d'orage »).
2. *Je toupille* : je tournoie comme une toupie.

Rosine (Laurence Maslian), le comte (Pierre Gérard)
et Bartholo (Yann Collette).
Mise en scène d'Alain Bezu, théâtre des Deux-Rives, Paris, 1988.

ROSINE, *bas au comte.*   Figaro ne vient point!

LE COMTE.   Filons le temps[1].

140 BARTHOLO.   Mais, bachelier, je l'ai déjà dit à ce vieux Bazile : est-ce qu'il n'y aurait pas moyen de lui faire étudier des choses plus gaies que toutes ces grandes arias[2], qui vont en haut, en bas, en roulant, hi, ho, a, a, a, a, et qui me semblent autant d'enterrements? Là, de ces petits airs qu'on chantait dans ma
145 jeunesse, et que chacun retenait facilement. J'en savais autrefois... Par exemple... *(Pendant la ritournelle[3], il cherche en se grattant la tête et chante en faisant claquer ses pouces et dansant des genoux comme les vieillards.)*

> Veux-tu, ma Rosinette,
> Faire emplette
> Du roi des maris?...

150 *(Au comte en riant.)* Il y a Fanchonnette dans la chanson; mais j'y ai substitué Rosinette pour la lui rendre plus agréable et la faire cadrer aux circonstances. Ah! ah! ah! ah! Fort bien? pas vrai?

LE COMTE, *riant.*   Ah! ah! ah! Oui, tout au mieux.

---

1. *Filons le temps* : gagnons du temps.
2. *Arias* : mélodies accompagnées d'un petit nombre d'instruments, ou d'un seul (mot d'origine italienne).
3. *Ritournelle* : court motif instrumental servant d'introduction à un chant.

Acte III Scènes 3 et 4

UN MONOLOGUE DE TRANSITION (sc. 3)

1. Montrez que le monologue de la scène 3 est un commentaire de la scène précédente.

2. À votre avis, pourquoi Rosine refuse-t-elle de venir?

LE PERSONNAGE DE BARTHOLO (sc. 4)

3. Beaumarchais a pris soin de ne pas faire du tuteur de Rosine une caricature. Repérez les répliques où Bartholo est manifestement ironique (voir « ironie » p. 229).

4. Analysez sa réaction face au malaise de Rosine : joue-t-il la compassion ou est-il sincèrement alarmé? Justifiez votre réponse à l'aide d'expressions tirées du texte.

5. Comme Alceste dans *le Misanthrope* de Molière (I, 2) se mettant à chanter un air d'autrefois (« Si le roi m'avait donné / Paris, sa grand'ville »), ou comme M. Jourdain dans *le Bourgeois gentilhomme* de Molière (« Je croyais Jeanneton / Aussi douce que belle ») [I, 2], Bartholo surprend et fait sourire. Mais, lorsqu'il se met à chanter et à danser, n'est-il que ridicule? Pour la première fois apparaît un Bartholo détendu, oublieux de ses craintes, et c'est un autre aspect du personnage qui nous est ainsi révélé. Précisez en ayant recours au texte.

LA LEÇON DE MUSIQUE

6. La situation exploitée ici par Beaumarchais (deux jeunes gens s'efforçant de profiter d'une leçon de musique pour se dire leur passion) n'est pas nouvelle. Elle se trouve notamment dans *le Malade imaginaire* de Molière (III, 5). Comparez ces deux traitements d'un même schéma comique et sentimental. Quand Rosine est-elle capable de tenir un langage à double entente?

7. En principe, la Comédie-Française n'accueillait pas de pièces à intermèdes musicaux. L'ariette de Rosine a donc suscité des oppositions, dont la note de Beaumarchais se fait l'écho. Or elle est nécessaire. Analysez le jeu de scène qui la justifie. Retrouvez dans la *Lettre modérée* les passages où Beaumarchais préconise l'emploi de la musique au théâtre.

L'INTÉRÊT DRAMATIQUE

8. L'enjeu de l'action est nettement exprimé par le comte : « J'ai mille choses essentielles à vous dire » (l. 25). Parmi elles, une est primordiale : laquelle?

9. La surprise de Rosine reconnaissant Almaviva évoque celle de Lucile reconnaissant Cléonte dans *le Bourgeois gentilhomme* de Molière (V, 5) et celle d'Angélique reconnaissant Cléante dans *le Malade imaginaire* de Molière (II, 3). Quelles sont toutefois les différences?

10. Cette scène est une scène d'attente : pourquoi l'arrivée de Figaro est-elle si impatiemment souhaitée?

SCÈNE 5. FIGARO, *dans le fond,* ROSINE, BARTHOLO, LE COMTE.

BARTHOLO *chante.*

4

> *Veux-tu, ma Rosinette,*
> *Faire emplette*
> *Du roi des maris?*
> *Je ne suis point Tircis;*
5
> *Mais la nuit, dans l'ombre,*
> *Je vaux encor mon prix;*
> *Et quand il fait sombre,*
> *Les plus beaux chats sont gris.*

(Il répète la reprise en dansant. Figaro, derrière lui, imite ses mouvements.)

> *Je ne suis point Tircis, etc.*

10 *(Apercevant Figaro.)* Ah! entrez, monsieur le barbier; avancez, vous êtes charmant!

FIGARO *salue.* Monsieur, il est vrai que ma mère me l'a dit autrefois; mais je suis un peu déformé depuis ce temps-là. *(À part, au comte.)* Bravo, monseigneur! *(Pendant toute cette scène, le comte fait ce qu'il peut pour parler à Rosine; mais l'œil inquiet et vigilant du tuteur l'en empêche toujours, ce qui forme un jeu muet de tous les acteurs, étranger au débat du docteur et de Figaro.)*

15 BARTHOLO. Venez-vous purger encore, saigner, droguer, mettre sur le grabat toute ma maison?

FIGARO. Monsieur, il n'est pas tous les jours fête; mais sans compter les soins quotidiens, monsieur a pu voir que, lorsqu'ils[1] en ont besoin, mon zèle n'attend pas qu'on lui commande...

---

1. *Ils :* les gens de la maison.

20 BARTHOLO. Votre zèle n'attend pas! Que direz-vous, monsieur
le zélé, à ce malheureux qui bâille et dort tout éveillé? Et l'autre
qui, depuis trois heures, éternue à se faire sauter le crâne et jaillir
la cervelle? Que leur direz-vous?

FIGARO. Ce que je leur dirai?

25 BARTHOLO. Oui!

FIGARO. Je leur dirai... Eh! parbleu! je dirai à celui qui éternue :
« Dieu vous bénisse! » et : « Va te coucher » à celui qui bâille. Ce
n'est pas cela, monsieur, qui grossira le mémoire.

BARTHOLO. Vraiment non; mais c'est la saignée et les
30 médicaments qui le grossiraient, si je voulais y entendre[1]. Est-ce
par zèle aussi que vous avez empaqueté les yeux de ma mule? et
votre cataplasme lui rendra-t-il la vue?

FIGARO. S'il ne lui rend pas la vue, ce n'est pas cela non plus qui
l'empêchera d'y voir.

35 BARTHOLO. Que je le trouve sur le mémoire!... On n'est pas de
cette extravagance-là!

FIGARO. Ma foi, monsieur, les hommes n'ayant guère à choisir
qu'entre la sottise et la folie, où je ne vois pas de profit je veux au
moins du plaisir; et vive la joie! Qui sait si le monde durera
40 encore trois semaines!

BARTHOLO. Vous feriez bien mieux, monsieur le raisonneur, de
me payer mes cent écus et les intérêts sans lanterner[2]; je vous en
avertis.

FIGARO. Doutez-vous de ma probité, monsieur? Vos cent écus!
45 j'aimerais mieux vous les devoir toute ma vie, que de les nier un
seul instant.

---

1. *Y entendre* : y donner mon consentement.
2. *Lanterner* : retarder, différer.

BARTHOLO. Et dites-moi un peu comment la petite Figaro a trouvé les bonbons que vous lui avez portés.

FIGARO. Quels bonbons? Que voulez-vous dire?

50 BARTHOLO. Oui, ces bonbons, dans ce cornet fait avec cette feuille de papier à lettre, ce matin.

FIGARO. Diable emporte si...

ROSINE, *l'interrompant*. Avez-vous eu soin au moins de les lui donner de ma part, monsieur Figaro? Je vous l'avais 55 recommandé.

FIGARO. Ah! ah! les bonbons de ce matin? Que je suis bête, moi! j'avais perdu tout cela de vue... Oh! excellents, madame, admirables!

BARTHOLO. Excellents! admirables! Oui, sans doute, monsieur 60 le barbier, revenez sur vos pas[1]! Vous faites là un joli métier, monsieur!

FIGARO. Qu'est-ce qu'il a donc, monsieur?

BARTHOLO. Et qui vous fera une belle réputation, monsieur!

FIGARO. Je la soutiendrai, monsieur.

65 BARTHOLO. Dites que vous la supporterez, monsieur.

FIGARO. Comme il vous plaira, monsieur.

BARTHOLO. Vous le prenez bien haut, monsieur! Sachez que quand je dispute[2] avec un fat, je ne lui cède jamais.

FIGARO *lui tourne le dos*. Nous différons en cela, monsieur; moi, 70 je lui cède toujours.

BARTHOLO. Hein! qu'est-ce qu'il dit donc, bachelier?

---

1. *Revenez sur vos pas* : revenez sur vos paroles (pour corriger votre maladresse).
2. *Je dispute* : j'ai une vive discussion.

FIGARO. C'est que vous croyez avoir affaire à quelque barbier de village, et qui ne sait manier que le rasoir? Apprenez, monsieur, que j'ai travaillé de la plume à Madrid, et que sans les
75 envieux...

BARTHOLO. Eh! que n'y restiez-vous, sans venir ici changer de profession?

FIGARO. On fait comme on peut. Mettez-vous à ma place.

BARTHOLO. Me mettre à votre place! Ah! parbleu, je dirais de
80 belles sottises!

FIGARO. Monsieur, vous ne commencez pas trop mal; je m'en rapporte à votre confrère qui est là rêvassant.

LE COMTE, *revenant à lui.* Je... je ne suis pas le confrère de monsieur.

85 FIGARO. Non? Vous voyant ici à consulter[1], j'ai pensé que vous poursuiviez le même objet.

BARTHOLO, *en colère.* Enfin, quel sujet vous amène? Y a-t-il quelque lettre à remettre encore ce soir à madame? Parlez, faut-il que je me retire?

90 FIGARO. Comme vous rudoyez[2] le pauvre monde! Eh! parbleu monsieur, je viens vous raser, voilà tout : n'est-ce pas aujourd'hui votre jour?

BARTHOLO. Vous reviendrez tantôt.

FIGARO. Ah! oui, revenir! Toute la garnison prend médecine[3]
95 demain matin, j'en ai obtenu l'entreprise par mes protections. Jugez donc comme j'ai du temps à perdre! Monsieur passe-t-il chez lui?

---

1. *À consulter :* en train de donner une consultation.
2. *Vous rudoyez :* vous maltraitez.
3. *Prend médecine :* prend une purge.

BARTHOLO. Non, monsieur ne passe point chez lui. Eh! mais... qui empêche qu'on ne me rase ici?

100 ROSINE, *avec dédain.* Vous êtes honnête[1]! Et pourquoi pas dans mon appartement?

BARTHOLO. Tu te fâches! Pardon, mon enfant, tu vas achever de prendre ta leçon; c'est pour ne pas perdre un instant le plaisir de t'entendre.

105 FIGARO, *bas au comte.* On ne le tirera pas d'ici! *(Haut.)* Allons, L'Éveillé! La Jeunesse, le bassin, de l'eau, tout ce qu'il faut à monsieur.

BARTHOLO. Sans doute, appelez-les! Fatigués, harassés, moulus de votre façon[2], n'a-t-il pas fallu les faire coucher!

110 FIGARO. Eh bien! j'irai tout chercher. N'est-ce pas dans votre chambre? *(Bas au comte.)* Je vais l'attirer dehors.

BARTHOLO *détache son trousseau de clefs, et dit par réflexion :* Non, non, j'y vais moi-même. *(Bas au comte en s'en allant.)* Ayez les yeux sur eux, je vous prie.

SCÈNE 6. FIGARO, LE COMTE, ROSINE.

FIGARO. Ah! que nous l'avons manqué belle[3]! il allait me donner le trousseau. La clef de la jalousie n'y est-elle pas?

ROSINE. C'est la plus neuve de toutes.

---

1. *Honnête :* voir II, 4, note 2, p. 93.
2. *De votre façon :* par vos procédés.
3. *Nous l'avons manqué belle :* nous avons échoué alors que l'occasion était favorable.

SCÈNE 7. BARTHOLO, FIGARO, LE COMTE, ROSINE.

BARTHOLO, *revenant, et à part.* Bon! je ne sais ce que je fais de laisser ici ce maudit barbier. *(À Figaro.)* Tenez. *(Il lui donne le trousseau.)* Dans mon cabinet, sous mon bureau; mais ne touchez à rien.

5 FIGARO. La peste! il y ferait bon, méfiant comme vous êtes! *(À part, en s'en allant.)* Voyez comme le ciel protège l'innocence!

SCÈNE 8. BARTHOLO, LE COMTE, ROSINE.

BARTHOLO, *bas au comte.* C'est le drôle qui a porté la lettre au comte.

LE COMTE, *bas.* Il m'a l'air d'un fripon.

BARTHOLO. Il ne m'attrapera plus.

5 LE COMTE. Je crois qu'à cet égard le plus fort est fait.

BARTHOLO. Tout considéré, j'ai pensé qu'il était plus prudent de l'envoyer dans ma chambre que de le laisser avec elle.

LE COMTE. Ils n'auraient pas dit un mot que je n'eusse été en tiers.

10 ROSINE. Il est bien poli, messieurs, de parler bas sans cesse! Et ma leçon? *(Ici l'on entend un bruit, comme de la vaisselle renversée.)*

BARTHOLO, *criant.* Qu'est-ce que j'entends donc! Le cruel barbier aura tout laissé tomber par l'escalier, et les plus belles pièces de mon nécessaire[1]!... *(Il court dehors.)*

---

1. *Nécessaire :* ici, les objets nécessaires pour faire la barbe.

143

SCÈNE 9. LE COMTE, ROSINE.

LE COMTE. Profitons du moment que l'intelligence[1] de Figaro nous ménage. Accordez-moi ce soir, je vous en conjure, madame, un moment d'entretien indispensable pour vous soustraire à l'esclavage où vous allez tomber.

5 ROSINE. Ah! Lindor!

LE COMTE. Je puis monter à votre jalousie, et quant à la lettre que j'ai reçue de vous ce matin, je me suis vu forcé...

SCÈNE 10. ROSINE, BARTHOLO, FIGARO, LE COMTE.

BARTHOLO. Je ne m'étais pas trompé; tout est brisé, fracassé.

FIGARO. Voyez le grand malheur pour tant de train[2]! On ne voit goutte sur l'escalier. *(Il montre la clef au comte.)* Moi, en montant j'ai accroché une clef...

5 BARTHOLO. On prend garde à ce qu'on fait. Accrocher une clef! L'habile homme!

FIGARO. Ma foi, monsieur, cherchez-en un plus subtil.

---

1. *Intelligence :* complicité.
2. *Tant de train :* tant de mouvement, de hâte.

Acte III Scènes 5 à 10

L'ARRIVÉE DE FIGARO (sc. 5)

1. Beaumarchais a donné au retour de Figaro sur scène un relief particulier. De quelle façon? À votre avis, pourquoi Figaro se dit-il « un peu déformé »? Quel sens donnez-vous à cette remarque?

LE DOUBLE REGISTRE

2. La scène 5 est conçue pour se dérouler sur deux plans : celui du dialogue (entre Figaro et Bartholo) et celui de la communication muette (entre Almaviva et Rosine). Bartholo appartient à l'un et à l'autre, puisque, tout en parlant avec Figaro, il s'interpose du regard entre Rosine et Almaviva. Beaumarchais a choisi d'indiquer le jeu de scène au début, une fois pour toutes, et le lecteur risque d'oublier ce jeu, que plus rien ne rappelle. De quelle façon, à la représentation, peut-on concilier dialogue avec Figaro et exercice d'un « œil inquiet et vigilant »? Des répliques de Bartholo se prêtent-elles mieux que d'autres à la manifestation de ce regard?

3. Voici pour la première fois à la scène 5 Bartholo et Figaro en présence. Figaro manifeste son impertinence et son esprit habituels : commentez ses reparties.

4. Bartholo a sa lucidité coutumière : dégagez les trois points sur lesquels il attaque Figaro.

5. Montrez comment Beaumarchais rend incertaine, jusqu'au bout de la scène, la sortie de Bartholo.

UN TOUR DE FORCE EN CINQ SCÈNES

6. Quelle est l'unité des scènes 6 à 10?

7. Figaro a deux objectifs : lesquels? Atteint-il pleinement les deux?

8. Relevez et commentez toutes les répliques à double entente.

SCÈNE 11. LES ACTEURS PRÉCÉDENTS, DON BAZILE.

ROSINE, *effrayée, et à part.* Don Bazile!...

LE COMTE, *à part.* Juste ciel!

FIGARO, *à part.* C'est le diable!

BARTHOLO *va au-devant de lui.* Ah! Bazile, mon ami, soyez le
5 bien rétabli[1]. Votre accident n'a donc point eu de suites? En
vérité, le seigneur Alonzo m'avait fort effrayé sur votre état;
demandez-lui, je partais pour vous aller voir, et s'il ne m'avait point
retenu...

BAZILE, *étonné.* Le seigneur Alonzo?...

10 FIGARO *frappe du pied.* Eh quoi! toujours des accrocs? Deux
heures pour une méchante barbe... Chienne de pratique[2]!

BAZILE, *regardant tout le monde.* Me ferez-vous bien le plaisir de
me dire, messieurs?...

FIGARO. Vous lui parlerez quand je serai parti.

15 BAZILE. Mais encore faudrait-il...

LE COMTE. Il faudrait vous taire, Bazile. Croyez-vous
apprendre à monsieur quelque chose qu'il ignore? Je lui ai
raconté que vous m'aviez chargé de venir donner une leçon de
musique à votre place.

20 BAZILE, *plus étonné.* La leçon de musique!... Alonzo!...

ROSINE, *à part, à Bazile.* Eh! taisez-vous.

BAZILE. Elle aussi!

LE COMTE, *à Bartholo.* Dites-lui donc tout bas que nous en
sommes convenus.

---

1. *Soyez le bien rétabli :* que votre rétablissement soit entier.
2. *Pratique :* clientèle.

25 BARTHOLO, *à Bazile, à part.* N'allez pas nous démentir, Bazile, en disant qu'il n'est pas votre élève, vous gâteriez tout.

BAZILE. Ah! ah!

BARTHOLO, *haut.* En vérité, Bazile, on n'a pas plus de talent que votre élève.

30 BAZILE, *stupéfait.* Que mon élève!... *(Bas.)* Je venais pour vous dire que le comte est déménagé.

BARTHOLO, *bas.* Je le sais, taisez-vous.

BAZILE, *bas.* Qui vous l'a dit?

BARTHOLO, *bas.* Lui, apparemment!

35 LE COMTE, *bas.* Moi, sans doute : écoutez seulement.

ROSINE, *bas à Bazile.* Est-il si difficile de vous taire?

FIGARO, *bas à Bazile.* Hum! Grand escogriffe! Il est sourd!

BAZILE, *à part.* Qui diable est-ce donc qu'on trompe ici? Tout le monde est dans le secret!

40 BARTHOLO, *haut.* Eh bien, Bazile, votre homme de loi?...

FIGARO. Vous avez toute la soirée pour parler de l'homme de loi.

BARTHOLO, *à Bazile.* Un mot; dites-moi seulement si vous êtes content de l'homme de loi.

45 BAZILE, *effaré.* De l'homme de loi?

LE COMTE, *souriant.* Vous ne l'avez pas vu, l'homme de loi?

BAZILE, *impatienté.* Eh! non, je ne l'ai pas vu, l'homme de loi.

LE COMTE, *à Bartholo, à part.* Voulez-vous donc qu'il s'explique ici devant elle? Renvoyez-le.

50 BARTHOLO, *bas au comte.* Vous avez raison. *(À Bazile.)* Mais quel mal vous a donc pris si subitement?

BAZILE, *en colère.* Je ne vous entends pas.

LE COMTE *lui met, à part, une bourse dans la main.* Oui, monsieur

147

vous demande ce que vous venez faire ici, dans l'état
55 d'indisposition où vous êtes.

FIGARO. Il est pâle comme un mort!

BAZILE. Ah! je comprends...

LE COMTE. Allez vous coucher, mon cher Bazile : vous n'êtes
pas bien, et vous nous faites mourir de frayeur. Allez vous
60 coucher.

FIGARO. Il a la physionomie toute renversée. Allez vous
coucher.

BARTHOLO. D'honneur, il sent la fièvre d'une lieue. Allez vous
coucher.

65 ROSINE. Pourquoi donc êtes-vous sorti? On dit que cela se
gagne. Allez vous coucher.

BAZILE, *au dernier étonnement.* Que j'aille me coucher!

TOUS LES ACTEURS ENSEMBLE. Eh! sans doute.

BAZILE, *les regardant tous.* En effet, messieurs, je crois que je ne
70 ferai pas mal de me retirer; je sens que je ne suis pas ici dans mon
assiette ordinaire.

BARTHOLO. À demain, toujours, si vous êtes mieux!

LE COMTE. Bazile, je serai chez vous de très bonne heure.

FIGARO. Croyez-moi, tenez-vous bien chaudement dans votre
75 lit.

ROSINE. Bonsoir, monsieur Bazile.

BAZILE, *à part.* Diable emporte si j'y comprends rien! et sans
cette bourse...

TOUS. Bonsoir, Bazile, bonsoir.

80 BAZILE, *en s'en allant.* Eh bien, bonsoir donc, bonsoir. *(Ils
l'accompagnent tous en riant.)*

SCÈNE 12. LES ACTEURS PRÉCÉDENTS, *excepté* BAZILE.

BARTHOLO, *d'un ton important.* Cet homme-là n'est pas bien du tout.

ROSINE. Il a les yeux égarés.

LE COMTE. Le grand air l'aura saisi.

5 FIGARO. Avez-vous vu comme il parlait tout seul? Ce que c'est que de nous! (*À Bartholo.*) Ah çà, vous décidez-vous, cette fois? (*Il lui pousse un fauteuil très loin du comte et lui présente le linge.*)

LE COMTE. Avant de finir, madame, je dois vous dire un mot essentiel au progrès de l'art que j'ai l'honneur de vous enseigner. (*Il s'approche, et lui parle bas à l'oreille.*)

BARTHOLO, *à Figaro.* Eh mais! il semble que vous le fassiez 10 exprès de vous approcher, et de vous mettre devant moi pour m'empêcher de voir...

LE COMTE, *bas à Rosine.* Nous avons la clef de la jalousie, et nous serons ici à minuit.

FIGARO *passe le linge au cou de Bartholo.* Quoi voir? Si c'était une 15 leçon de danse, on vous passerait[1] d'y regarder; mais du chant!... Aïe, aïe!

BARTHOLO. Qu'est-ce que c'est?

FIGARO. Je ne sais ce qui m'est entré dans l'œil. (*Il rapproche sa tête.*)

BARTHOLO. Ne frottez donc pas.

20 FIGARO. C'est le gauche. Voudriez-vous me faire le plaisir d'y souffler un peu fort? (*Bartholo prend la tête de Figaro, regarde*

---

1. *Passerait* : permettrait.

par-dessus, le pousse violemment et va derrière les amants écouter leur conversation.)

LE COMTE, *bas à Rosine.*   Et quant à votre lettre, je me suis trouvé tantôt dans tel embarras pour rester ici...

FIGARO, *de loin pour avertir.*   Hem!... hem...

25 LE COMTE.   Désolé de voir encore mon déguisement inutile...

BARTHOLO, *passant entre eux deux.*   Votre déguisement inutile!

ROSINE, *effrayée.*   Ah!...

BARTHOLO.   Fort bien, madame, ne vous gênez pas. Comment! sous mes yeux mêmes, en ma présence, on m'ose outrager de la 30 sorte!

LE COMTE.   Qu'avez-vous donc, seigneur?

BARTHOLO.   Perfide[1] Alonzo!

LE COMTE.   Seigneur Bartholo, si vous avez souvent des lubies comme celle dont le hasard me rend témoin, je ne suis plus 35 étonné de l'éloignement que mademoiselle a pour devenir votre femme.

ROSINE.   Sa femme! Moi! Passer mes jours auprès d'un vieux jaloux, qui, pour tout bonheur, offre à ma jeunesse un esclavage abominable!

40 BARTHOLO.   Ah! qu'est-ce que j'entends!

ROSINE.   Oui, je le dis tout haut : je donnerai mon cœur et ma main à celui qui pourra m'arracher de cette horrible prison, où ma personne et mon bien sont retenus contre toutes les lois. *(Rosine sort.)*

---

1. *Perfide :* trompeur (littéralement, qui a trahi la confiance de quelqu'un).

SCÈNE 13. BARTHOLO, FIGARO, LE COMTE.

BARTHOLO. La colère me suffoque.

LE COMTE. En effet, seigneur, il est difficile qu'une jeune femme...

FIGARO. Oui, une jeune femme et un grand âge, voilà ce qui
5 trouble la tête d'un vieillard.

BARTHOLO. Comment! lorsque je les prends sur le fait! Maudit barbier! il me prend des envies...

FIGARO. Je me retire, il est fou.

LE COMTE. Et moi aussi; d'honneur, il est fou.

10 FIGARO. Il est fou, il est fou. *(Ils sortent.)*

SCÈNE 14. BARTHOLO, *seul, les poursuit.*

Je suis fou! Infâmes suborneurs[1], émissaires du diable, dont vous faites ici l'office, et qui puisse vous emporter tous... Je suis fou!... Je les ai vus comme je vois ce pupitre... et me soutenir effrontément!... Ah! Il n'y a que Bazile qui puisse m'expliquer
5 ceci. Oui, envoyons-le chercher. Holà! quelqu'un... Ah! j'oublie que je n'ai personne... Un voisin, le premier venu, n'importe. Il y a de quoi perdre l'esprit! il y a de quoi perdre l'esprit! *(Pendant l'entracte le théâtre s'obscurcit; on entend un bruit d'orage, et l'orchestre joue celui qui est gravé dans le recueil de la musique[2] du Barbier, n° 5.)*

---

1. *Suborneurs* : personnes qui trompent pour faire commettre le mal.
2. Sur la valeur musicale du mot « bruit », voir III, 4, note 1, p. 133. Sur cette musique, voir p. 208.

Acte III Scènes 11 à 14

« LA STUPÉFACTION DE BAZILE »

1. Distinguez les trois temps principaux de la scène 11. Quelle est la fonction de cette scène dans l'économie générale de l'acte?

2. Analysez les différents procédés de comique et d'accélération du rythme dans la scène 11.

3. Il s'agit de neutraliser un importun, qui risque de tout faire échouer. Mais Beaumarchais a su donner à ce type de situation un piment tout particulier : lequel? Vous répondrez en citant précisément le texte.

PRÉCIPITATION DES SCÈNES FINALES

4. Dans la scène 12, montrez comment Beaumarchais diffère la phrase décisive (qui ne pourra jamais être dite).

5. Que doit conclure Bartholo des mots : « déguisement inutile »?

6. Analysez la différence de réaction de Rosine et du comte à la fin de la scène 12, de Figaro et du comte dans la scène 13.

7. Quelle image de Bartholo le monologue final nous donne-t-il?

Ensemble de l'acte III

1. Précisez la valeur dramaturgique des deux monologues de Bartholo et comparez-les (sans oublier d'utiliser les didascalies).

2. L'enjeu de cet acte est, pour Almaviva, de réussir à parler à Rosine. Dans quelle mesure cette entreprise est-elle réussie?

3. Beaumarchais aime les gageures : à la fin de cet acte III, il semble avoir rendu impossible la victoire de la jeunesse et de l'amour. Le spectateur sait bien, cependant, puisqu'il s'agit d'une comédie, que cette victoire aura lieu. Mais il ne sait pas de quelle façon. Voilà qui excite fortement sa curiosité quand tombe le rideau. Toutefois, un événement laisse présager de nouvelles péripéties (voir p. 229) : lequel?

Acte IV

Le théâtre est obscur.

SCÈNE PREMIÈRE. BARTHOLO, DON BAZILE, *une lanterne de papier à la main.*

BARTHOLO. Comment, Bazile, vous ne le connaissez pas! Ce que vous dites est-il possible?

BAZILE. Vous m'interrogeriez cent fois, que je vous ferais toujours la même réponse. S'il vous a remis la lettre de Rosine,
5 c'est sans doute un des émissaires du comte. Mais, à la magnificence du présent qu'il m'a fait, il se pourrait que ce fût le comte lui-même.

BARTHOLO. Quelle apparence[1]? Mais, à propos de ce présent, eh! pourquoi l'avez-vous reçu?

10 BAZILE. Vous aviez l'air d'accord; je n'y entendais rien; et dans les cas difficiles à juger, une bourse d'or me paraît toujours un argument sans réplique. Et puis, comme dit le proverbe, ce qui est bon à prendre...

BARTHOLO. J'entends, est bon...

15 BAZILE. À garder[2].

BARTHOLO, *surpris.* Ah! ah!

---

1. *Quelle apparence?* : quelle vraisemblance?
2. La formule proverbiale est : « Ce qui est bon à prendre est bon à rendre ». Cette variation de Bazile est donc tout à fait inattendue.

153

BAZILE.   Oui, j'ai arrangé comme cela plusieurs petits proverbes avec des variations. Mais allons au fait; à quoi vous arrêtez-vous[1]?

20   BARTHOLO.   En ma place, Bazile, ne feriez-vous pas les derniers efforts pour la posséder?

BAZILE.   Ma foi non, docteur. En toute espèce de biens, posséder est peu de chose; c'est jouir qui rend heureux : mon avis est qu'épouser une femme dont on n'est point aimé, c'est
25   s'exposer...

BARTHOLO.   Vous craindriez les accidents?

BAZILE.   Hé, hé, monsieur... on en voit beaucoup cette année. Je ne ferais point violence à son cœur.

BARTHOLO.   Votre valet[2], Bazile. Il vaut mieux qu'elle pleure de
30   m'avoir, que moi je meure de ne l'avoir pas...

BAZILE.   Il y va de la vie? Épousez, docteur, épousez.

BARTHOLO.   Aussi ferai-je, et cette nuit même.

BAZILE.   Adieu donc. Souvenez-vous, en parlant à la pupille, de les rendre[3] tous plus noirs que l'enfer.

35   BARTHOLO.   Vous avez raison.

BAZILE.   La calomnie, docteur, la calomnie! Il faut toujours en venir là.

BARTHOLO.   Voici la lettre de Rosine, que cet Alonzo m'a remise, et il m'a montré, sans le vouloir, l'usage que j'en dois
40   faire auprès d'elle.

BAZILE.   Adieu, nous serons tous ici à quatre heures.

---

1. *À quoi vous arrêtez-vous? :* que décidez-vous?
2. *Votre valet :* raccourci pour « je suis votre valet »; formule exprimant le désaccord avec son interlocuteur.
3. *De les rendre :* de rendre les hommes.

BARTHOLO.   Pourquoi pas plus tôt?

BAZILE.   Impossible, le notaire est retenu.

BARTHOLO.   Pour un mariage?

45 BAZILE.   Oui, chez le barbier Figaro; c'est sa nièce qu'il marie.

BARTHOLO.   Sa nièce? Il n'en a pas.

BAZILE.   Voilà ce qu'ils ont dit au notaire.

BARTHOLO.   Ce drôle est du complot... Que diable!...

BAZILE.   Est-ce que vous penseriez?...

50 BARTHOLO.   Ma foi, ces gens-là sont si alertes! Tenez, mon ami,
je ne suis pas tranquille. Retournez chez le notaire. Qu'il vienne
ici sur-le-champ avec vous.

BAZILE.   Il pleut, il fait un temps du diable; mais rien ne m'arrête
pour vous servir. Que faites-vous donc?

Don Bazile (Jacques Sereys) et Bartholo (François Chaumette).
Mise en scène de Michel Etcheverry, Comédie-Française, 1979.

55 BARTHOLO. Je vous reconduis : n'ont-ils pas fait estropier tout mon monde par ce Figaro! Je suis seul ici.

BAZILE. J'ai ma lanterne.

BARTHOLO. Tenez, Bazile, voilà mon passe-partout; je vous attends, je veille et vienne qui voudra, hors le notaire et vous,
60 personne n'entrera de la nuit.

BAZILE. Avec ces précautions, vous êtes sûr de votre fait.

SCÈNE 2. ROSINE, *seule, sortant de sa chambre.*

Il me semblait avoir entendu parler. Il est minuit sonné; Lindor ne vient point! Ce mauvais temps même était propre à le favoriser. Sûr de ne rencontrer personne... Ah! Lindor! si vous m'aviez trompée!... Quel bruit entends-je?... Dieux! c'est mon
5 tuteur. Rentrons.

SCÈNE 3. ROSINE, BARTHOLO.

BARTHOLO *rentre avec de la lumière.* Ah! Rosine, puisque vous n'êtes pas encore rentrée dans votre appartement...

ROSINE. Je vais me retirer.

BARTHOLO. Par le temps affreux qu'il fait, vous ne reposerez
5 pas, et j'ai des choses très pressées à vous dire.

ROSINE. Que voulez-vous, monsieur? N'est-ce donc pas assez d'être tourmentée le jour?

BARTHOLO. Rosine, écoutez-moi.

ROSINE. Demain je vous entendrai.

10 BARTHOLO. Un moment, de grâce!

156

ROSINE, *à part.* S'il allait venir!

BARTHOLO *lui montre sa lettre.* Connaissez-vous cette lettre?

ROSINE *la reconnaît.* Ah! grands dieux!

BARTHOLO. Mon intention, Rosine, n'est point de vous faire de
15 reproches : à votre âge, on peut s'égarer; mais je suis votre ami;
écoutez-moi.

ROSINE. Je n'en puis plus.

BARTHOLO. Cette lettre que vous avez écrite au comte
Almaviva...

20 ROSINE, *étonnée.* Au comte Almaviva?

BARTHOLO. Voyez quel homme affreux est ce comte : aussitôt
qu'il l'a reçue, il en a fait trophée[1]. Je la tiens d'une femme à qui il
l'a sacrifiée[2].

ROSINE. Le comte Almaviva!

25 BARTHOLO. Vous avez peine à vous persuader cette horreur[3].
L'inexpérience, Rosine, rend votre sexe confiant et crédule; mais
apprenez dans quel piège on vous attirait. Cette femme m'a fait
donner avis de tout, apparemment pour écarter une rivale aussi
dangereuse que vous. J'en frémis! Le plus abominable complot
30 entre Almaviva, Figaro et cet Alonzo, cet élève supposé de Bazile
qui porte un autre nom, et n'est que le vil agent du comte, allait
vous entraîner dans un abîme dont rien n'eût pu vous tirer.

ROSINE, *accablée.* Quelle horreur!... quoi! Lindor!... quoi! ce
jeune homme!

---

1. *Il en a fait trophée* : il l'a montrée comme signe de sa victoire (dans
l'Antiquité grecque, le trophée était la dépouille de l'ennemi vaincu, montrée
avec ostentation).
2. *Sacrifiée* : voir III, 2, note p. 125.
3. *Vous persuader cette horreur* : la seule construction correcte aujourd'hui
serait : « vous persuader de cette horreur ».

35 BARTHOLO, *à part.*   Ah! c'est Lindor.

ROSINE.   C'est pour le comte Almaviva... C'est pour un autre...

BARTHOLO.   Voilà ce qu'on m'a dit en me remettant votre lettre.

ROSINE, *outrée.*   Ah! quelle indignité!... Il en sera puni.
— Monsieur, vous avez désiré de m'épouser?

40 BARTHOLO.   Tu connais la vivacité de mes sentiments.

ROSINE.   S'il peut vous en rester encore, je suis à vous.

BARTHOLO.   Eh bien! le notaire viendra cette nuit même.

ROSINE.   Ce n'est pas tout. Ô ciel! suis-je assez humiliée!...
Apprenez que dans peu le perfide ose entrer par cette jalousie,
45 dont ils ont eu l'art de vous dérober la clef.

BARTHOLO, *regardant au trousseau.*   Ah! les scélérats! Mon
enfant, je ne te quitte plus.

ROSINE, *avec effroi.*   Ah! monsieur! et s'ils sont armés?

BARTHOLO.   Tu as raison : je perdrais ma vengeance. Monte
50 chez Marceline; enferme-toi chez elle à double tour. Je vais
chercher main-forte, et l'attendre auprès de la maison. Arrêté
comme voleur, nous aurons[1] le plaisir d'en être à la fois vengés et
délivrés! Et compte que mon amour te dédommagera...

ROSINE, *au désespoir.*   Oubliez seulement mon erreur. *(À part.)*
55 Ah! je m'en punis assez.

BARTHOLO, *s'en allant.*   Allons nous embusquer. À la fin je la
tiens. *(Il sort.)*

---

1. *Arrêté ... aurons* : la phrase serait aujourd'hui incorrecte, car « arrêté » ne
renvoie pas au sujet du verbe principal « aurons ».

Acte IV Scènes 1 à 3

BARTHOLO, MAÎTRE DE LA SITUATION

1. Chacune des deux apparitions précédentes de Bazile a été remarquable : scène « de la calomnie » (II, 8) et scène « de la stupéfaction » (III, 11). Il est donc habile de commencer ce dernier acte par une scène avec Bazile. Beaumarchais a en outre pris soin d'assurer la liaison avec la fin de l'acte III : montrez-le.

2. Quel procédé, classique au théâtre, Beaumarchais met-il en œuvre dans la première réplique de la scène 1 ? Quel en est l'effet ?

3. Cette première scène est jalonnée par le rappel de quelques péripéties. Lesquelles ?

4. Quelle image de Bazile nous donne la scène 1 ? Comparez avec la scène 8 de l'acte II et la scène 11 de l'acte III.

5. Dans cette première scène, Bartholo a retrouvé son assurance et sa détermination. Quelles sont cependant les indications qui laissent présager un heureux dénouement (voir p. 227) ?

6. Pourquoi Beaumarchais a-t-il ménagé, entre les scènes 1 et 3, ce bref monologue ?

7. Le spectateur attend depuis la scène 2 de l'acte III l'instant où Rosine, qui n'a pas pu être avertie, va être confrontée à cette preuve apparente de la trahison du pseudo-Lindor. Mais quelle est la première réaction de Rosine à la scène 3 ?

8. À votre avis, pourquoi Beaumarchais insiste-t-il sur « le temps affreux qu'il fait » (voir aussi les scènes 1 et 2) ?

9. Comment interprétez-vous le passage du « vous » au « tu » (l. 40) ?

LA GAGEURE DRAMATURGIQUE

10. Tout semble perdu pour le comte. Mais Beaumarchais ne suggère-t-il pas la possibilité d'un ultime coup de théâtre (voir p. 227) ? (Revoyez la scène 5 de l'acte I et les conséquences de l'absence de Bartholo.)

SCÈNE 4.   ROSINE, *seule.*

Son amour me dédommagera!... Malheureuse!... *(Elle tire son mouchoir et s'abandonne aux larmes.)* Que faire?... Il va venir. Je veux rester et feindre avec lui, pour le contempler un moment dans toute sa noirceur. La bassesse de son procédé sera mon
5 préservatif[1]... Ah! j'en ai grand besoin. Figure noble, air doux, une voix si tendre!... et ce n'est que le vil agent d'un corrupteur! Ah! malheureuse! Ciel!... on ouvre la jalousie! *(Elle se sauve.)*

SCÈNE 5.   LE COMTE; FIGARO, *enveloppé d'un manteau, paraît à la fenêtre.*

FIGARO *parle en dehors.*   Quelqu'un s'enfuit; entrerai-je?

LE COMTE, *en dehors.*   Un homme?

FIGARO.   Non.

LE COMTE.   C'est Rosine, que ta figure atroce[2] aura mise en
5 fuite.

FIGARO *saute dans la chambre.*   Ma foi, je le crois... Nous voici enfin arrivés, malgré la pluie, la foudre et les éclairs.

LE COMTE, *enveloppé d'un long manteau.*   Donne-moi la main. *(Il saute à son tour.)* À nous la victoire!

---

1. *Préservatif :* ce qui me préservera contre sa séduction.
2. *Figure atroce :* comme à l'acte II, scène 2, « figure » désigne la personne tout entière et, ici, plus particulièrement l'image donnée par la silhouette de Figaro, grossie et déformée par le manteau dont il s'est enveloppé.

10 FIGARO *jette son manteau.* Nous sommes tout percés[1]. Charmant temps, pour aller en bonne fortune! Monseigneur, comment trouvez-vous cette nuit?

LE COMTE. Superbe pour un amant.

FIGARO. Oui, mais pour un confident?... Et si quelqu'un allait
15 nous surprendre ici?

LE COMTE. N'es-tu pas avec moi? J'ai bien une autre inquiétude : c'est de la déterminer à quitter sur-le-champ la maison du tuteur.

FIGARO. Vous avez pour vous trois passions toutes-puissantes
20 sur le beau sexe : l'amour, la haine et la crainte.

LE COMTE *regarde dans l'obscurité.* Comment lui annoncer brusquement que le notaire l'attend chez toi pour nous unir? Elle trouvera mon projet bien hardi : elle va me nommer audacieux.

FIGARO. Si elle vous nomme audacieux, vous l'appellerez
25 cruelle. Les femmes aiment beaucoup qu'on les appelle cruelles. Au surplus, si son amour est tel que vous le désirez, vous lui direz qui vous êtes; elle ne doutera plus de vos sentiments.

SCÈNE 6. LE COMTE, ROSINE, FIGARO. *(Figaro allume toutes les bougies qui sont sur la table.)*

LE COMTE. La voici. — Ma belle Rosine!...

ROSINE, *d'un ton très composé*[2]. Je commençais, monsieur, à craindre que vous ne vinssiez pas.

LE COMTE. Charmante inquiétude!... Mademoiselle, il ne me

---

1. *Percés* : transpercés (par la pluie).
2. *Composé* : sérieux, grave.

5 convient point d'abuser des circonstances pour vous proposer de partager le sort d'un infortuné; mais quelque asile que vous choisissiez, je jure mon honneur...

ROSINE.   Monsieur, si le don de ma main n'avait pas dû suivre à l'instant celui de mon cœur, vous ne seriez pas ici. Que la
10 nécessité justifie à vos yeux ce que cette entrevue a d'irrégulier!

LE COMTE.   Vous, Rosine! la compagne d'un malheureux! sans fortune, sans naissance!...

ROSINE.   La naissance, la fortune! Laissons là les jeux du hasard et si vous m'assurez que vos intentions sont pures...

15 LE COMTE, *à ses pieds*.   Ah! Rosine! je vous adore!...

ROSINE, *indignée*.   Arrêtez, malheureux!... vous osez profaner!... Tu m'adores!... Va! tu n'es plus dangereux pour moi; j'attendais ce mot pour te détester. Mais avant de t'abandonner au remords qui t'attend *(en pleurant),* apprends que je t'aimais; apprends que
20 je faisais mon bonheur de partager ton mauvais sort. Misérable Lindor! j'allais tout quitter pour te suivre. Mais le lâche abus que tu as fait de mes bontés, et l'indignité de cet affreux comte Almaviva, à qui tu me vendais, ont fait rentrer dans mes mains ce témoignage de ma faiblesse. Connais-tu cette lettre?

25 LE COMTE, *vivement*.   Que votre tuteur vous a remise?

ROSINE, *fièrement*.   Oui, je lui en ai l'obligation.

LE COMTE.   Dieux! que je suis heureux! Il la tient de moi. Dans mon embarras, hier, je m'en suis servi pour arracher sa confiance et je n'ai pu trouver l'instant de vous en informer. Ah! Rosine, il
30 est donc vrai que vous m'aimez véritablement!

FIGARO.   Monseigneur, vous cherchiez une femme qui vous aimât pour vous-même...

ROSINE.   Monseigneur!... Que dit-il?

LE COMTE, *jetant son large manteau, paraît en habit magnifique*.   Ô
35 la plus aimée des femmes! il n'est plus temps de vous abuser : l'heureux homme que vous voyez à vos pieds n'est point Lindor;

je suis le comte Almaviva, qui meurt d'amour et vous cherche en vain depuis six mois.

ROSINE *tombe dans les bras du comte.* Ah!...

40 LE COMTE, *effrayé.* Figaro!

FIGARO. Point d'inquiétude, monseigneur : la douce émotion de la joie n'a jamais de suites fâcheuses ; la voilà, la voilà qui reprend ses sens. Morbleu! qu'elle est belle!

ROSINE. Ah! Lindor!... Ah! monsieur! que je suis coupable!
45 j'allais me donner cette nuit même à mon tuteur.

LE COMTE. Vous, Rosine!

ROSINE. Ne voyez que ma punition! J'aurais passé ma vie à vous détester. Ah! Lindor! le plus affreux supplice n'est-il pas de haïr, quand on sent qu'on est faite pour aimer?

50 FIGARO *regarde à la fenêtre.* Monseigneur, le retour[1] est fermé ; l'échelle est enlevée.

LE COMTE. Enlevée!

ROSINE, *troublée.* Oui, c'est moi... c'est le docteur. Voilà le fruit de ma crédulité. Il m'a trompée. J'ai tout avoué, tout trahi : il sait
55 que vous êtes ici, et va venir avec main-forte.

FIGARO *regarde encore.* Monseigneur! on ouvre la porte de la rue.

ROSINE, *courant dans les bras du comte avec frayeur.* Ah! Lindor!...

LE COMTE, *avec fermeté.* Rosine, vous m'aimez. Je ne crains
60 personne ; et vous serez ma femme. J'aurai donc le plaisir de punir à mon gré l'odieux vieillard!...

ROSINE. Non, non ; grâce pour lui, cher Lindor! Mon cœur est si plein que la vengeance ne peut y trouver place.

---

1. *Le retour :* le chemin du retour.

Acte IV Scènes 4 à 6

FONCTIONS DE LA SCÈNE 5

1. Comme pour les deux scènes précédentes, Beaumarchais fait précéder un moment crucial de l'intrigue (sc. 5) par un bref monologue de Rosine (sc. 4). Quel est ici l'intérêt du procédé?

2. Beaumarchais aurait pu enchaîner les scènes 4 et 6. Mais, outre l'intérêt dramatique de retarder quelques instants l'explication entre les deux amants, cette scène reprend des éléments des deux premières scènes de la pièce. Lesquels? Ce parallélisme met aussi en valeur la progression de l'action : de quelle façon?

3. Quelles sont, dans les répliques de Figaro, celles qui suggèrent le caractère romanesque de la situation?

LE FACE-À-FACE ROSINE / ALMAVIVA (sc. 6)

4. Montrez l'importance de la didascalie initiale.

5. À votre avis, pourquoi le comte insiste-t-il sur son dénuement? Retrouvez d'autres passages où il est question de son incognito.

6. Que veut dire Rosine par « les jeux du hasard » (l. 13)? Analysez la valeur du tutoiement employé par Rosine à l'adresse du comte.

DÉNOUEMENT ET REBONDISSEMENT

7. À la scène 6, il y a dénouement parce que tout malentendu est dissipé entre Rosine et le comte. Distinguez les différentes phases de ce dénouement.

8. Il y a rebondissement parce qu'un nouveau coup de théâtre éclate. Montrez qu'il se produit en deux temps.

9. Une certaine tension dramatique est réintroduite sur scène, mais elle n'exclut pas le maintien de la note sentimentale et elle autorise même le rapprochement physique de Rosine et du comte : par deux fois, c'est une émotion forte qui met la jeune fille dans les bras d'Almaviva. Comment expliquer ce procédé?

SCÈNE 7. LE NOTAIRE, DON BAZILE, LES ACTEURS PRÉCÉDENTS.

FIGARO. Monseigneur, c'est notre notaire.

LE COMTE. Et l'ami Bazile avec lui!

BAZILE. Ah! qu'est-ce que j'aperçois?

FIGARO. Eh! par quel hasard, notre ami?...

5 BAZILE. Par quel accident, messieurs?...

LE NOTAIRE. Sont-ce là les futurs conjoints?

LE COMTE. Oui, monsieur. Vous deviez unir la signora Rosine et moi cette nuit chez le barbier Figaro; mais nous avons préféré cette maison pour des raisons que vous saurez. Avez-vous notre
10 contrat?

LE NOTAIRE. J'ai donc l'honneur de parler à Son Excellence monsieur le comte Almaviva?

FIGARO. Précisément.

BAZILE, *à part.* Si c'est pour cela qu'il m'a donné le
15 passe-partout...

LE NOTAIRE. C'est que j'ai deux contrats de mariage, monseigneur. Ne confondons point : voici le vôtre; et c'est ici celui du seigneur Bartholo avec la signora... Rosine aussi? Les demoiselles apparemment sont deux sœurs qui portent le même
20 nom.

LE COMTE. Signons toujours. Don Bazile voudra bien nous servir de second témoin. *(Ils signent.)*

BAZILE. Mais, Votre Excellence..., je ne comprends pas...

LE COMTE. Mon maître Bazile, un rien vous embarrasse, et
25 tout vous étonne.

BAZILE. Monseigneur... Mais si le docteur...

LE COMTE, *lui jetant une bourse.* Vous faites l'enfant! Signez donc vite.

BAZILE, *étonné.* Ah! ah!...

30 FIGARO. Où donc est la difficulté de signer?

BAZILE, *pesant la bourse.* Il n'y en a plus. Mais c'est que moi, quand j'ai donné ma parole une fois, il faut des motifs d'un grand poids... *(Il signe.)*

SCÈNE 8. BARTHOLO, UN ALCADE[1], DES ALGUAZILS[2], DES VALETS *avec des flambeaux,* et LES ACTEURS PRÉCÉDENTS.

BARTHOLO *voit le comte baiser la main de Rosine et Figaro qui embrasse grotesquement don Bazile ; il crie en prenant le notaire à la gorge :* Rosine avec ces fripons! Arrêtez tout le monde. J'en tiens un au collet.

LE NOTAIRE. C'est votre notaire.

BAZILE. C'est votre notaire. Vous moquez-vous?

5 BARTHOLO. Ah! don Bazile! eh! comment êtes-vous ici?

BAZILE. Mais plutôt vous, comment n'y êtes-vous pas?

L'ALCADE, *montrant Figaro.* Un moment! je connais celui-ci. Que viens-tu faire en cette maison, à des heures indues[3]?

FIGARO. Heure indue? Monsieur voit bien qu'il est aussi près du
10 matin que du soir. D'ailleurs, je suis de la compagnie de Son Excellence monseigneur le comte Almaviva.

BARTHOLO. Almaviva!

L'ALCADE. Ce ne sont donc pas des voleurs?

---

1. *Alcade :* juge de paix.
2. *Alguazils :* agents de police.
3. Il est en effet minuit passé (voir IV, 2, Rosine : « Il est minuit sonné »).

BARTHOLO. Laissons cela. — Partout ailleurs, monsieur le
15 comte, je suis le serviteur de Votre Excellence ; mais vous sentez
que la supériorité du rang est ici sans force. Ayez, s'il vous plaît,
la bonté de vous retirer.

LE COMTE. Oui, le rang doit être ici sans force ; mais ce qui en a
beaucoup est la préférence que mademoiselle vient de
20 m'accorder sur vous, en se donnant à moi volontairement.

BARTHOLO. Que dit-il, Rosine ?

ROSINE. Il dit vrai. D'où naît votre étonnement ? Ne devais-je
pas, cette nuit même, être vengée d'un trompeur ? Je le suis.

BAZILE. Quand je vous disais que c'était le comte lui-même,
25 docteur ?

BARTHOLO. Que m'importe à moi ? Plaisant mariage ! Où sont
les témoins ?

LE NOTAIRE. Il n'y manque rien. Je suis assisté de ces deux
messieurs.

30 BARTHOLO. Comment, Bazile ! vous avez signé ?

BAZILE. Que voulez-vous ! Ce diable d'homme a toujours ses
poches pleines d'arguments irrésistibles.

BARTHOLO. Je me moque de ses arguments. J'userai de mon
autorité.

35 LE COMTE. Vous l'avez perdue en en abusant.

BARTHOLO. La demoiselle est mineure.

FIGARO. Elle vient de s'émanciper[1].

BARTHOLO. Qui te parle à toi, maître fripon ?

---

1. *S'émanciper* : se libérer de l'autorité légale de son tuteur (le mariage
émancipe automatiquement les enfants mineurs de l'autorité parentale ou
tutorale).

Le Comte.   Mademoiselle est noble et belle; je suis homme de
40 qualité, jeune et riche; elle est ma femme; à ce titre qui nous
honore également, prétend-on me la disputer?

Bartholo.   Jamais on ne l'ôtera de mes mains.

Le Comte.   Elle n'est plus en votre pouvoir. Je la mets sous
l'autorité des lois; et monsieur, que vous avez amené
45 vous-même, la protégera contre la violence que vous voulez lui
faire. Les vrais magistrats sont les soutiens de tous ceux qu'on
opprime.

L'Alcade.   Certainement. Et cette inutile résistance au plus
honorable mariage indique assez sa frayeur sur la mauvaise
50 administration des biens de sa pupille, dont il faudra qu'il rende
compte.

Le Comte.   Ah! qu'il consente à tout, et je ne lui demande rien.

Figaro.   Que la quittance de mes cent écus : ne perdons pas la
tête.

55 Bartholo, *irrité.*   Ils étaient tous contre moi; je me suis fourré la
tête dans un guêpier.

Bazile.   Quel guêpier? Ne pouvant avoir la femme, calculez,
docteur, que l'argent vous reste; et...

Bartholo.   Eh! laissez-moi donc en repos, Bazile! Vous ne
60 songez qu'à l'argent. Je me soucie bien de l'argent, moi! À la
bonne heure, je le garde, mais croyez-vous que ce soit le motif
qui me détermine? *(Il signe.)*

Figaro, *riant.*   Ah! ah! ah! monseigneur! ils sont de la même
famille.

65 Le Notaire.   Mais, messieurs, je n'y comprends plus rien.
Est-ce qu'elles ne sont pas deux demoiselles qui portent le
même nom?

Figaro.   Non, monsieur, elles ne sont qu'une.

Bartholo, *se désolant.*   Et moi qui leur ai enlevé l'échelle pour
70 que le mariage fût plus sûr! Ah! je me suis perdu faute de soins.

FIGARO. Faute de sens[1]. Mais soyons vrais, docteur : quand la jeunesse et l'amour sont d'accord pour tromper un vieillard, tout ce qu'il fait pour l'empêcher peut bien s'appeler à bon droit *la Précaution inutile*.

---

1. *Sens* : bon sens.

Acte IV Scènes 7 et 8

L'ÉTONNEMENT DE BAZILE

1. Le retour de Bazile était prévisible : il s'acquitte exactement de la mission que lui avait confiée Bartholo à la fin de la scène 1 de cet acte IV. Mais ce retour n'est pas pour autant prévu, car toute la fin de l'acte précédent est focalisée sur Bartholo. C'est donc un nouveau coup de théâtre. Analysez l'effet de contraste entre ces deux scènes.

2. Bazile et le notaire sont ici des caricatures. Montrez-le. Est-il certain que Bartholo soit « de la même famille » que Bazile, comme le dit Figaro ? Vous justifierez votre réponse.

LE DÉNOUEMENT

3. À votre avis, pour quelle raison Beaumarchais, à travers la réplique de Figaro « riant », incite-t-il le spectateur à se moquer de Bartholo ?

4. Beaumarchais dégage de sa pièce une leçon morale et ne suggère en rien que l'on puisse en tirer une leçon politique : Figaro, l'homme du peuple, malgré son esprit satirique envers la noblesse, a fait alliance avec le comte, contre Bartholo, qui appartient à la classe bourgeoise. Cette situation ne peut pas avoir de signification politique en 1772. C'est une situation de comédie où Figaro incarne le valet inventif, auxiliaire traditionnel des aventures galantes de son maître ; le comte Almaviva représente le jeune premier amoureux et Bartholo, le barbon voué à l'échec. Dans cette perspective, analysez le mot de la fin : pourquoi est-il confié à Figaro ? En quoi est-il une bonne clôture de la pièce ?

Ensemble de l'acte IV

1. À votre avis, pourquoi l'action se déroule-t-elle de nuit ?

2. Analysez la symbolique de l'ombre et de la lumière dans l'ensemble de l'acte.

3. Cet acte est le plus court de toute la pièce et en même temps le plus riche en péripéties (voir p. 229). Quel est l'effet produit ?

Documentation thématique

Index des thèmes de l'œuvre

13; II, 7, l. 31 à 33; II, 11; II, 15, l. 48 à 51; III, 2, l. 20; III, 3; III, 5, l. 87 à 89; III, 8, l. 1-2; III, 12, l. 28 à 30; III, 14; IV, 1, l. 46 à 52.

Mariage : I, 5; I, 6, l. 1 à 6, 67 à 69; II, 8, l. 42-43, 48; II, 10, l. 8-9; III, 1; III, 2, l. 69; IV, 1, l. 24-25; IV, 3, l. 38-39; IV, 7; IV, 8.

Maximes morales : I, 2, l. 124-125; I, 4, l. 79-80; I, 6, l. 3-4, 23 à 25; II, 2, l. 55-56, 61 à 64, 85 à 87; II, 4, l. 36 à 39; II, 16, l. 8-9; III, 1, l. 4 à 6; III, 5, l. 37 à 40; IV, 3, l. 26-27; IV, 6, l. 48-49.

Musique : I, 2; I, 6; II, 8, l. 1-2; II, 10, l. 3; II, 12, l. 3-4; II, 13, l. 11 à 13, 25 à 31; III, 2, l. 6 à 8; III, 4, l. 1 à 9, 45 à 153; III, 5, l. 1 à 9; III, 11, l. 16 à 20.

Précaution (inutile) : I, 3, l. 4 à 7; I, 4, l. 4; II, 4, l. 13 à 15; II, 9, l. 1; III, 4, l. 51 à 53; IV, 1, l. 61; IV, 8, l. 71 à 74.

Satire : I, 2, l. 82 à 102, 110 à 120, 128 à 148; I, 4, l. 74-75; II, 14, l. 62 à 64.

Sorties (de Bartholo) : I, 3; I, 5; III, 5, l. 112 à 114; IV, 3, l. 49 à 57.

Bartholo, illustration d'Émile Bayard (1837-1891).

Le personnage du barbon

Dans *le Barbier de Séville,* Beaumarchais exploite parfois des caractères et des schémas comiques utilisés bien avant lui. Il s'agit moins de sources que de variations sur des thèmes bien connus, variations par lesquelles il peut mettre en valeur son habileté et son imagination propres.

Les extraits suivants illustrent la relation entre *le Barbier de Séville* et la tradition comique du personnage du barbon.

Le barbon réactionnaire

De même que Bartholo est contre toutes les nouveautés de son temps (voir I, 3), Arnolphe dans *l'École des femmes* (1662), plus radicalement, plaide devant Chrysalde, au début de la pièce, la cause de l'obscurantisme.

ARNOLPHE

Épouser une sotte est pour n'être point sot.
Je crois, en bon chrétien, votre moitié fort sage ;
Mais une femme habile est un mauvais présage ;
Et je sais ce qu'il coûte à de certaines gens
Pour avoir pris les leurs avec trop de talents.
Moi, j'irais me charger d'une spirituelle
Qui ne parlerait rien que cercle [assemblée] et que ruelle [salon],
Qui de prose et de vers ferait de doux écrits,
Et que visiteraient marquis et beaux esprits,
Tandis que, sous le nom du mari de Madame,
Je serais comme un saint que pas un ne réclame ?
Non, non, je ne veux point d'un esprit qui soit haut ;
Et femme qui compose en sait plus qu'il ne faut.
Je prétends que la mienne, en clartés peu sublime,
Même ne sache pas ce que c'est qu'une rime ;
Et s'il faut qu'avec elle on joue au corbillon [petite corbeille],
Et qu'on vienne à lui dire à son tour : « Qu'y met-on ? »

Je veux qu'elle réponde : « Une tarte à la crème » ;
En un mot, qu'elle soit d'une ignorance extrême ;
Et c'est assez pour elle, à vous en bien parler,
De savoir prier Dieu, m'aimer, coudre et filer.

CHRYSALDE

Une femme stupide est donc votre marotte [folie] ?

ARNOLPHE

Tant, que j'aimerais mieux une laide bien sotte
Qu'une femme fort belle avec beaucoup d'esprit.

Molière, l'École des femmes, acte I, scène 1, vers 82 à 105.

Le barbon geôlier

Beaumarchais souligne fortement cet aspect du personnage (voir l'index des thèmes, à « Enfermement »). Comme Bartholo, Sganarelle, dans *l'École des maris* (1661), ne rêve que de grilles et de portes fermées à double tour. Il répond ici à Ariste, qui a une attitude libérale envers sa pupille Léonor.

SGANARELLE

Il me semble, et je le dis tout haut,
Que sur un tel sujet c'est parler comme il faut.
Vous souffrez que la vôtre aille leste et pimpante :
Je le veux bien ; qu'elle ait et laquais et suivante :
J'y consens ; qu'elle coure, aime l'oisiveté,
Et soit des damoiseaux fleurée [flairée] en liberté :
J'en suis fort satisfait. Mais j'entends que la mienne
Vive à ma fantaisie, et non pas à la sienne ;
Que d'une serge honnête elle ait son vêtement,
Et ne porte le noir qu'aux bons jours [dimanches et fêtes] seulement,
Qu'enfermée au logis, en personne bien sage,
Elle s'applique toute aux choses du ménage,
À recoudre mon linge aux heures de loisir,
Ou bien à tricoter quelques bas par plaisir ;
Qu'aux discours des muguets [galants] elle ferme l'oreille,
Et ne sorte jamais sans avoir qui la veille.
Enfin la chair est faible, et j'entends tous les bruits.

176

Je ne veux point porter de cornes, si je puis ;
Et comme à m'épouser sa fortune [chance] l'appelle,
Je prétends corps pour corps pouvoir répondre d'elle.

ISABELLE

Vous n'avez pas sujet, que je crois...

SGANARELLE

Taisez-vous.
Je vous apprendrai bien s'il faut sortir sans nous.

LÉONOR

Quoi donc, Monsieur... ?

SGANARELLE

Mon Dieu, Madame, sans langage [verbiage],
Je ne vous parle pas, car vous êtes trop sage.

LÉONOR

Voyez-vous Isabelle avec nous à regret ?

SGANARELLE

Oui, vous me la gâtez, puisqu'il faut parler net.
Vos visites ici ne font que me déplaire,
Et vous m'obligerez de ne nous en plus faire.

LÉONOR

Voulez-vous que mon cœur vous parle net aussi ?
J'ignore de quel œil elle voit tout ceci ;
Mais je sais ce qu'en moi ferait la défiance ;
Et quoiqu'un même sang nous ait donné naissance,
Nous sommes bien peu sœurs s'il faut que chaque jour
Vos manières d'agir lui donnent de l'amour.

LISETTE

En effet, tous ces soins sont des choses infâmes.
Sommes-nous chez les Turcs pour renfermer les femmes ?
Car on dit qu'on les tient esclaves en ce lieu,
Et que c'est pour cela qu'ils sont maudits de Dieu.
Notre honneur est, Monsieur, bien sujet à faiblesse,
S'il faut qu'il ait besoin qu'on le garde sans cesse.
Pensez-vous, après tout, que ces précautions
Servent de quelque obstacle à nos intentions,

177

Et quand nous nous mettons quelque chose à la tête,
Que l'homme le plus fin ne soit pas une bête?
Toutes ces gardes-là sont visions de fous :
Le plus sûr est, ma foi, de se fier en nous.
Qui nous gêne se met en un péril extrême,
Et toujours notre honneur veut se garder lui-même.
C'est nous inspirer presque un désir de pécher,
Que montrer tant de soins de nous en empêcher;
Et si par un mari je me voyais contrainte,
J'aurais fort grande pente à confirmer sa crainte.

Molière, l'École des maris, acte I, scène 2, vers 109 à 160.

Albert, dans <i>les Folies amoureuses</i> (1704), du dramaturge
Jean-François Regnard (1655-1709), convoque serrurier et
forgeron pour mieux garder Agathe; il essaie de trouver une
alliée dans la servante Lisette :

ALBERT

                    Tu sais bien qu'ici-bas
Sans trouver quelque embûche on ne peut faire un pas.
Des pièges qu'on me tend mon âme est alarmée.
Je tiens une brebis avec soin enfermée :
Mais des loups ravissants rôdent pour l'enlever.
Contre leur dent cruelle il la faut conserver :
Et, pour ne craindre rien de leur noire furie,
Je veux de toutes parts fermer la bergerie,
Faire avec soin griller mon château tout autour,
Et ne laisser partout qu'un peu d'entrée au jour.
J'ai besoin de tes soins en cette conjoncture,
Pour faire, à mon désir, attacher la clôture.

LISETTE

Qui? moi!

ALBERT

          Je ne veux pas que cette invention
Paraisse être l'effet de ma précaution.
Agathe, avec raison, pourrait être alarmée
De se voir, par mes soins, de la sorte enfermée;
Cela pourrait causer du refroidissement :

178

Mais, en fille d'esprit, il faut adroitement
Lui dorer la pilule, et lui faire comprendre
Que tout ce qu'on en fait n'est que pour se défendre,
Et que, la nuit passée, un nombre de bandits
N'a laissé que les murs dans le prochain logis [le logis d'à côté].

LISETTE

Mais croyez-vous, monsieur, avec ce stratagème,
Et bien d'autres encor dont vous usez de même,
Vous faire bien aimer de l'objet de vos vœux?

ALBERT

Ce n'est pas ton affaire; il suffit, je le veux.

Jean-François Regnard, *les Folies amoureuses*, acte I, scène 3, vers 211 à 236.

Le barbon amoureux

Avec le personnage d'Arnolphe, Molière est celui qui a le plus
fortement exprimé l'amour qui peut pousser un vieillard à
épouser une jeune fille. Bartholo paraît moins pathétique
qu'Arnolphe, car plus préoccupé de s'assurer des biens de
Rosine. Dans la scène 4 de l'acte III de *l'École des femmes*,
Arnolphe tient à Agnès ce discours passionné, bouffon et
touchant tout à la fois :

ARNOLPHE

Ce mot, et ce regard, désarme ma colère,
Et produit un retour de tendresse de cœur,
Qui de son action m'efface la noirceur.
Chose étrange d'aimer, et que pour ces traîtresses
Les hommes soient sujets à de telles faiblesses !
Tout le monde connaît leur imperfection :
Ce n'est qu'extravagance et qu'indiscrétion [manque de discernement].
Leur esprit est méchant, et leur âme fragile ;
Il n'est rien de plus faible et de plus imbécile,
Rien de plus infidèle : et, malgré tout cela,
Dans le monde on fait tout pour ces animaux-là.
Hé bien ! faisons la paix ; va, petite traîtresse,
Je te pardonne tout, et te rends ma tendresse.

Considère par là l'amour que j'ai pour toi,
Et, me voyant si bon, en revanche aime-moi.

AGNÈS

Du meilleur de mon cœur je voudrais vous complaire :
Que me coûterait-il, si je le pouvais faire ?

ARNOLPHE

Mon pauvre petit bec, tu le peux, si tu veux.
(Il fait un soupir.)
Écoute seulement ce soupir amoureux,
Vois ce regard mourant, contemple ma personne,
Et quitte ce morveux et l'amour qu'il te donne.
C'est quelque sort qu'il faut qu'il ait jeté sur toi,
Et tu seras cent fois plus heureuse avec moi.
Ta forte passion est d'être brave et leste.
Tu le seras toujours, va, je te le proteste.
Sans cesse, nuit et jour, je te caresserai,
Je te bouchonnerai [caresserai], baiserai, mangerai.
Tout comme tu voudras tu pourras te conduire.
Je ne m'explique point, et cela c'est tout dire.
(À part.)
Jusqu'où la passion peut-elle faire aller ?
Enfin à mon amour rien ne peut s'égaler.
Quelle preuve veux-tu que je t'en donne, ingrate ?
Me veux-tu voir pleurer ? veux-tu que je me batte ?
Veux-tu que je m'arrache un côté de cheveux ?
Veux-tu que je me tue ? Oui, dis si tu le veux.
Je suis tout prêt, cruelle, à te prouver ma flamme.

AGNÈS

Tenez, tous vos discours ne me touchent point l'âme.
Horace avec deux mots en ferait plus que vous.

Molière, *l'École des femmes,* acte V, scène 4, vers 1569 à 1606.

Annexes

Variantes

La gaieté, la vivacité des dialogues peuvent faire oublier qu'une comédie, comme toute œuvre littéraire, est le résultat de tâtonnements, de sacrifices, d'additions, de corrections, bref, d'un travail opiniâtre. Les manuscrits du *Barbier de Séville* témoignent des efforts de Beaumarchais pour parfaire son texte et trouver le meilleur rythme scénique. Le premier manuscrit, de 1772, est revu et corrigé en 1774, puis en 1775 (la pièce passe de quatre à cinq actes et revient après la première représentation à un découpage en quatre actes). Les exemples suivants donneront un aperçu de ce travail.

Le portrait de Bartholo par Figaro (I, 4)

Après la réplique du comte : « Quel homme est-ce? », Beaumarchais avait d'abord écrit :

FIGARO.   C'est un beau, gros, court, jeune vieillard, gris pommelé, rasé [ajouté après coup], rusé, blasé, majeur s'il en fut. Libre une seconde fois par veuvage, et tout frais émoulu de cocuardise, encore en veut-il retâter, le galant. Mais bien l'animal le plus cauteleux...

LE COMTE.   Tant pis. Et comment vivent-ils ensemble?

FIGARO.   Comme minet et chien galeux renfermés au même sac; toujours en guerre. Se peut-il autrement? Mignonne pucelette, et jeune, tendre, accorte et fraîche, agaçant l'appétit. Peau satinée, bras dodus, main blanchette, la bouche rosée, la plus douce haleine, et des joues, des yeux, des dents!... que c'est un charme à voir! toujours vis-à-vis un vieux bouquin, rasé, frisqué, guerdonné comme amoureux en baptême à la vérité, toujours boutonné, ridé, chassieux, jaloux, sottin, goutteux, marmiteux, qui tousse et crache et gronde et geint tour à tour. Gravelle aux reins, perclus d'un bras et déferré des jambes, le pauvre écuyer! S'il verdoie encore par le chef, vous sentez que c'est comme la mousse ou le gui, sur un arbre mort. Quel attisement pour un tel feu !

LE COMTE.   Ainsi, ses moyens de plaire...

Le portrait de Rosine n'a pas été totalement abandonné : quelques-uns de ses éléments sont utilisés dans la scène 2 de l'acte II. On voit que ce passage sur le couple antithétique Bartholo / Rosine était d'une inspiration franchement burlesque et légèrement paillarde.

Le signalement de Bartholo

Au début de la scène, Beaumarchais a ajouté deux répliques. Dans la version primitive, on avait :

LE COMTE.   Oh ! je vous ai reconnu d'abord à votre signalement.

BARTHOLO.   Mon signalement !

Il a trouvé ensuite la plaisanterie, en forme de provocation, dite par le comte (« Je le cache dans ma poche, pour que vous ne sachiez pas ce que c'est »).

D'autre part, le signalement de Bartholo était plus développé et introduit par : « *(Le comte chante)* ». Après « L'air farouche d'un Algonquin », le portrait se poursuivait ainsi :

> *La taille courte et déjetée,*
> *L'épaule droite surmontée,*
> *Le teint grenu d'un Marocain,*
> *Le nez fait comme un baldaquin,*
> *La jambe potte et circonflexe,*
> *Le ton bourru, la voix perplexe,*
> *Tous les appétits destructeurs,*
> *Enfin la perle des docteurs.*

Ces huit vers, bien que non biffés, n'ont pas été repris sur la copie arrêtée pour la représentation. Mais ils sont reproduits par Gudin de La Brenellerie, ami de Beaumarchais, dans son édition de 1809, avec l'indication de l'air « Ici sont venus en personne » et cette précision : « *(Bartholo coupe le signalement à l'endroit qui lui plaît)* ».

Le début de la leçon de musique (III, 4)

C'est à partir de là que Beaumarchais a introduit dans son texte de nombreuses additions lorsqu'il est passé d'une version en quatre actes à une version en cinq actes (celle-là même qui entraîna l'échec de la première représentation). L'acte III s'est dédoublé, donnant naissance à un acte IV, l'acte IV antérieur devenant l'acte V. Voici un aperçu sur cet acte IV de la version longue.

Après la réplique de Bartholo : « Je t'assure que ce soir elle m'enchantera », le dialogue se poursuit ainsi :

Rosine. Commençons donc! *(Au comte, à part.)* Je suis au supplice. *(À Bartholo.)* Ah! monsieur, donnez-moi le papier qui est là-dedans sur mon clavecin. *(Il s'en va et revient.)*

Bartholo. Seigneur Alonzo, vous êtes plus au fait de ces choses que moi.

SCÈNE 5. BARTHOLO, ROSINE.

Rosine. Mon Dieu! Prenez bien garde que vos émissaires ne restent une minute avec moi.

Bartholo. Où vas-tu chercher de pareilles idées? Je t'assure, ma petite...

SCÈNE 6. ROSINE, LE COMTE, BARTHOLO.

Le Comte. Il n'y avait que celui-là sur le pupitre. Est-ce celui que vous demandez, madame?

Rosine. Précisément, seigneur don...

Le Comte. Palézo, pour vous servir.

Bartholo. Comment Palézo! Ce n'est pas le nom que vous m'avez dit!

Le Comte, *embarrassé, et à part.* Je suis pris. *(Haut.)* Cela est vrai, monsieur... Mais c'est que... lorsque vous m'avez reçu... vous m'avez reçu... si singulièrement que j'en avais oublié...

BARTHOLO. Jusqu'à votre nom?

LE COMTE. Point du tout… Mais que… J'avais oublié… *(Rosine lui fait signe en levant deux doigts.)* de vous dire que j'en ai deux.

BARTHOLO. Ainsi, vous vous appelez Palézo de…

LE COMTE. Palézo… et l'autre nom que je vous ai dit.

ROSINE. Seigneur Alonzo, si c'est moi que ce beau mystère regarde, il fallait au moins recommander à mon tuteur de ne pas vous nommer devant moi.

LE COMTE. En vérité, mademoiselle, vous ne devez pas craindre…

BARTHOLO. Ouais! Seigneur Alonzo ou Palézo, comme il vous plaira. Savez-vous bien que vous ne savez plus un mot de ce que vous dites, et que vous rougissez jusqu'aux oreilles en nous parlant, car je m'y connais.

LE COMTE, *prenant le docteur à part.* Vous avez raison, seigneur. En vérité je rougis. Car je ne puis soutenir un mensonge, quelqu'innocent qu'il soit. Mais vous et Bazile en êtes un peu la cause.

BARTHOLO. Moi? Vous m'expliquerez cela.

LE COMTE. C'est que je vous dirai, seigneur, que je ne m'appelle ni Alonzo, ni Palézo.

BARTHOLO. Est-ce que vous me prenez pour une buse [personne stupide]? Je l'ai bien vu.

LE COMTE. Lorsque Bazile m'a prié de vous apporter la lettre en question…

BARTHOLO, *l'attirant plus loin.* Parlez bas.

LE COMTE. Il m'a dit : « Pour vous introduire en sûreté chez le docteur, prenez le nom d'Alonzo. » Je l'ai pris; mais comme on oublie aisément ce qui est supposé, j'ai dit ensuite à la signora le premier nom qui m'est venu à la bouche. Et votre remarque (judicieuse en un sens, mais, permettez-moi de vous le dire, indiscrète dans un autre) m'a tellement embarrassé…

BARTHOLO. J'entends, j'entends, c'est moi qui ai tort.

LE COMTE. Parce que j'ai cru notre secret éventé.

BARTHOLO. C'est moi qui ai tort.

LE COMTE. Car mon véritable nom est don Antonio, Casca de los Rios, y Fuentes, y Maré.

BARTHOLO. C'est moi qui ai tort.

LE COMTE. Dont on a fait par abréviation Cascario.

185

BARTHOLO.   Cascario? C'est assez. C'est moi qui ai tort.

LE COMTE, *à part.*   Je n'oublierai pas celui-ci, c'est le nom de mon valet de chambre.

BARTHOLO, *à Rosine, haut.*   En vérité, ma brebis, j'ai tort. Le plus grand tort. Des raisons importantes avaient forcé le bachelier de cacher ici son vrai nom et moi sottement...

ROSINE.   Le nom de monsieur est indifférent, pourvu que ma leçon n'en souffre pas.

BARTHOLO.   Sa réflexion est juste. Allons, bachelier.

ROSINE, *montrant son papier de musique.*   Ceci est un morceau très agréable de *la Précaution inutile.*

On retrouve ici le texte imprimé.

Un peu plus loin, Figaro, sur une chanson improvisée, indiquera au comte que Bartholo (transformé en « Bartholina ») cache la clef sous son habit.

La consultation de Bazile
à propos du mariage (IV, 1)

Après la réplique de Bartholo : « En ma place, Bazile, ne feriez-vous pas les derniers efforts pour la posséder? » (l. 20-21), Beaumarchais avait développé ainsi son dialogue :

BAZILE.   Ma foi non, docteur. Trop pauvre pour nourrir une femme et pas assez riche pour payer une maîtresse, je me suis jeté dans le rigorisme. Mais je n'en sais pas moins qu'en toute espèce de biens, posséder est peu de chose, et que c'est jouir qui rend heureux. Mon avis est que possession sans amour n'est qu'une obsession misérable et sujette à des conséquences...

BARTHOLO.   Vous craindriez des accidents?

BAZILE.   Hé! hé! monsieur... On en voit beaucoup cette année, m'a dit la vieille sibylle [femme prédisant l'avenir] qui tire les cartes sur les maris et que j'ai consultée pour vous.

BARTHOLO.   Eh fi donc, Bazile, est-ce qu'il faut aussi en croire ces gens-là? Ma mère étant fille eut aussi la faiblesse d'aller au devin. Ils lui prédirent qu'elle épouserait un de ces hommes avides de sang, qui ne vivent que du mal d'autrui, s'engraissent de la maigreur du peuple, et le font partout mourir impunément. Ma mère sottement effrayée manqua sa fortune et la mienne en refusant un officier de renom, un financier fort riche et même un excellent procureur. Et pour faire mentir la prédiction fut obligée enfin de se donner à un pauvre médecin qui fut mon père.

BAZILE. Il n'y a pas trop de quoi se rassurer; mais en effet ces gens se trompent fort souvent.

BARTHOLO. Eh bien! que vous a dit la vieille sur mon mariage? Nous sommes seuls?...

BAZILE. Elle m'a répondu tout uniment par un certain fameux quatrain de Pibrac [écrivain du XVIᵉ siècle] fort connu.

BARTHOLO. Qu'est-ce qu'il dit, ce quatrain?

BAZILE. C'est ma foi le plus beau de tous; aussi a-t-il cinq vers!

BARTHOLO. Ce quatrain?

BAZILE. Le voici:

> *Quiconque à soixante ans passé*
> *Jeune poulette épousera,*
> *S'il est galeux se grattera*
> *Des ongles d'un vieux coq usé,*
> *Et bientôt s'en repentira.*

BARTHOLO. Coq usé! Quel rapport ce quatrain a-t-il avec nous? Est-ce que j'ai l'air d'un vieux coq usé? Moi?

BAZILE. Non pas tout à fait; il s'en manque de quelque chose.

BARTHOLO. Eh parbleu! il s'en manque de tout.

BAZILE. Je laisserais la poulette à votre place, et ne ferais point violence à son cœur.

On retrouve ensuite le texte imprimé.

La signature du contrat (IV, 8)

La réplique du comte : « Mademoiselle est noble et belle; je suis homme de qualité, jeune et riche; elle est ma femme; à ce titre, qui nous honore également, prétend-on me la disputer? » (l. 39 à 41), se poursuit ainsi :

LE COMTE. [...] Allons, seigneur tuteur, faisons-nous justice honnêtement : consentez à tout et je ne vous demande rien de son bien.

FIGARO. Que la quittance de mes cent écus ; ne perdons pas la tête.

BARTHOLO. Eh! vous vous moquez de moi, monsieur le comte, avec vos dénouements de comédie! Ne s'agit-il donc que de venir dans les maisons enlever les pupilles, et laisser le bien aux tuteurs? Il semble que nous soyons au théâtre!

BAZILE. Ne pouvant avoir la femme, calculez, docteur, que l'argent vous reste, et vous verrez que ce n'est pas toute perte.

FIGARO. Au contraire, pour un homme de son âge, c'est tout gain.

BARTHOLO. Eh! laissez-moi donc en repos, Bazile! Vous ne songez qu'à l'argent... Je me soucie bien de l'argent, moi... À la bonne heure, je le garde... mais croyez-vous que ce soit le motif qui me détermine?

FIGARO, *à part, riant.* Ah! ah! ah! Monseigneur! Ils sont tous de la même famille.

BARTHOLO. Il est clair qu'elle m'aurait trompé toute sa vie.

FIGARO. Et c'est ce qu'on vous dit depuis une heure.

ROSINE. Non, monsieur, mais je vous aurai haï jusqu'à la mort.

BARTHOLO, *signant.* Qu'elle est neuve! Comme si l'un n'était pas une suite de l'autre!

LE NOTAIRE. Mais je n'y entends plus rien, messieurs. Est-ce qu'elles ne sont pas deux demoiselles qui portent le même nom?

FIGARO. Non, monsieur. Elles ne sont qu'une.

LE NOTAIRE. Et qui me paiera donc le second contrat?

FIGARO. Le premier dépôt que nous vous mettrons entre les mains.

BARTHOLO. Quel événement! Voilà qui est fini. Mais le mal vient toujours de ce qu'on ne peut faire tout soi-même.

FIGARO. C'est précisément le contraire, docteur! Car si vous n'aviez pas été chercher ces messieurs vous-même, on n'aurait pas marié mademoiselle pendant ce temps; jusque-là, vous vous étiez assez bien conduit.

BARTHOLO. Je me suis perdu faute de soin.

Figaro dit alors la dernière réplique de la pièce, telle que nous l'avons dans le texte imprimé.

Beaumarchais et la comédie au XVIIIe siècle

Le comique oublié

La comédie sérieuse

Beaumarchais écrit en 1781 au baron de Breteuil : « J'ai tenté, dans *le Barbier de Séville,* de ramener au théâtre l'ancienne et franche gaieté en l'alliant avec le ton léger, fin et délicat de notre plaisanterie actuelle. »

Il est exact en effet que la comédie du XVIIIe siècle s'est détournée de « l'ancienne et franche gaieté ». On peut en voir un premier signe dans le relatif déclin du succès de Molière : le nombre de représentations de ses pièces, qui était de 1 279 pour la décennie 1710-1720, tombe à 634 pour la décennie 1760-1770. Au début du siècle, Regnard obéit encore à une inspiration comique parfois proche de la bouffonnerie dans *les Folies amoureuses* (1704), comédie dont Beaumarchais se souvient quand il écrit son *Barbier* (voir la documentation thématique, p. 178), et dans *le Légataire universel* (1708). Mais à la même époque apparaît le *Turcaret* de Lesage (1709), pièce qui oriente la comédie dans la voie de la peinture sociale contemporaine avec la mise à nu de ses ressorts (ici l'argent) dans toute leur dureté, voire leur violence. La « franche gaieté » a disparu derrière l'âpreté de la satire.

Au cours des années suivantes, c'est cette inspiration qui anime les auteurs, avec le souci d'émouvoir et de moraliser. La comédie devient sérieuse et perd évidemment, dans cette dérive paradoxale, sa vertu comique. Ici peuvent être cités, pour mémoire, Destouches (*le Glorieux,* 1732), Gresset (*le Méchant,* 1747), Palissot (*les Philosophes,* 1760, pièce d'abord polémique), Nivelle de La Chaussée et sa « comédie larmoyante » (*Mélanide,* 1741), genre pathétique auquel Voltaire lui-même apporta sa contribution avec *Nanine ou le Préjugé vaincu* (1749), Sedaine (*le Philosophe sans le savoir,* 1765). L'esprit du temps, l'évolution de la sensibilité se manifestent pleinement à travers le succès de ces comédies qui ne font plus rire, ou si peu et en de rares passages.

Bien qu'occupant à tous égards une place à part, le théâtre de Marivaux (qui s'échelonne, pour l'essentiel, de 1720 à 1740) va dans le même sens. Son irréductible originalité ne l'empêche pas d'être aussi un théâtre d'émotion, où des personnages souffrent de n'oser dire, ni à l'autre ni à eux-mêmes, qu'ils sont amoureux. Le moteur de l'action y est toujours une épreuve, dont l'issue est heureuse, mais la traversée douloureuse.

Le drame

Si le drame bourgeois, qui apparaît dans la seconde moitié du siècle, ne doit rien à Marivaux, il doit beaucoup à cette conception « sérieuse » de la comédie. L'écart entre la tragédie et la comédie s'est réduit, et cette réduction rend concevable un genre théâtral nouveau, résolument au service de la représentation concrète du monde réel.

C'est Diderot qui en pose les bases en 1757 *(Entretiens sur le Fils naturel)* et en 1758 dans *De la poésie dramatique,* dans le droit style de sa réflexion théorique sur le problème de la vérité. Il illustre ses théories dans deux pièces : *le Fils naturel* (qui ne sera joué qu'en 1771) et *le Père de famille* (écrit en 1758, représenté en 1761). Il n'est plus du tout question de faire rire, mais d'émouvoir en tendant au spectateur le miroir de sa vie et de le rendre meilleur par cette émotion même. Pour désigner ce nouveau genre, Diderot n'éprouve même pas le besoin d'une nouvelle appellation : le mot « comédie » lui paraît parfaitement convenable.

Beaumarchais restaure le comique

Beaumarchais était entré modestement dans la carrière théâtrale en écrivant des parades pour le théâtre de société de Le Normant, à Étiolles. Un tel apprentissage lui avait appris à exploiter les procédés comiques de la farce. Car les parades jouées dans les châteaux à partir des années 1730 ne sont pas d'un esprit différent des parades originellement jouées à la porte des théâtres forains pour piquer l'intérêt des passants et les inciter à entrer comme spectateurs. Les personnages viennent de la comédie italienne (Cassandre, Isabelle, Léandre, Arlequin, Colombine...); les situations sont toujours fondées sur les ruses de l'amour pour duper parents ou tuteurs; les plaisanteries, soit érotiques, soit scatologiques, sont volontiers grossières, mais se dissimulent parfois sous le voile d'un langage équivoque; pour faire rire davantage, les personnages parlent de façon incorrecte : liaisons grotesques (« je suis t'amoureux »), zézaiement (« j'ai z'été z'averti »), déformation de mots (« portes d'attestation » pour « protestation ») ou de proverbes (« il y a andouille sous roche »).

Beaumarchais ne dédaigna pas ce théâtre-là; il y a même tout lieu de penser qu'il y prit plaisir, puisqu'il le pratiqua probablement jusqu'au-delà de 1765. Longtemps ignorées (jusque vers 1950), puis dédaignées, les six parades qui nous sont parvenues *(les Bottes de sept lieues, Zirzabelle mannequin, Colin et Colette, les Députés de la Halle, Léandre marchand d'agnus, Jean Bête à la foire)* manifestent sa maîtrise dans le genre.

Beaumarchais était donc particulièrement désigné pour restaurer la « franche gaieté » sur la scène officielle de la Comédie-Française. Après *Eugénie* (1767), *les Deux Amis* (1770) et un *Essai sur le genre dramatique sérieux* (imprimé comme préface d'*Eugénie*), il ne renie rien de sa foi dans les vertus théâtrales du drame : des passages de la *Lettre modérée* et une réplique de Bartholo (I, 3) en témoignent. Mais sans doute a-t-il compris que le drame était alors en train de s'essouffler et que la comédie

191

avait oublié que sa vertu essentielle était de faire rire. Avec brio, il lui rend cette vertu dans *le Barbier de Séville*. Dans *le Mariage de Figaro,* son ambition sera plus grande : briser l'unité de ton de la comédie par des moments dignes du drame, tout en préservant la place de la musique. *Le Barbier* a moins d'envergure, mais une parfaite unité, forgée aux sources vives de la tradition comique. Il a contribué, par sa réussite, à rejeter dans l'ombre la comédie antérieure du XVIIIe siècle. Elle vaut mieux que ce dédain, si on veut bien lui pardonner d'avoir oublié de faire rire ou reconnaître qu'il s'agit simplement d'une appellation erronée.

Les conditions de la vie théâtrale

Beaumarchais avait d'abord conçu son *Barbier* comme un opéra-comique et l'avait proposé en 1772 au Théâtre-Italien. Refusée, transformée en comédie, la pièce fut jouée en 1775 sur la scène de la Comédie-Française. Ces deux théâtres avaient chacun leur spécialité et leur place propre dans la vie théâtrale de l'époque.

La Comédie-Française

La Comédie-Française était, dans la hiérarchie officielle des théâtres, au-dessus du Théâtre-Italien. Depuis sa création en 1680, elle constituait la troupe des « comédiens ordinaires du Roi » et elle était le conservatoire du répertoire dramatique français (c'est là que l'on jouait régulièrement, comme aujourd'hui, Corneille, Molière, Racine et autres « classiques »). Elle avait aussi pour vocation de créer des pièces nouvelles, tragédies et comédies; les tragédies étaient de son ressort exclusif; les comédies devaient respecter le bon goût et la décence, être en accord avec la dignité et la noblesse dont elle se prévalait. Pour un dramaturge, elle était le lieu par excellence de la consécration.

Elle ne pouvait, à l'origine, intégrer de la musique dans ses spectacles. C'était là le privilège de l'Opéra (ou Académie royale de musique). Mais ce privilège subira de plus en plus d'atteintes au cours du siècle, à l'initiative même de l'Opéra, qui, pour assurer son équilibre financier, concède à d'autres théâtres, contre redevance, l'usage de la musique. Ainsi, la Comédie-Française peut accueillir des pièces où l'on chante ; elle a même un petit orchestre attitré. Mais la place de la musique et du chant est toujours contenue dans certaines limites. On en a une preuve avec les remous provoqués dans le public par l'ariette de Rosine, dans la scène 4 de l'acte III du *Barbier de Séville*. Cette ariette apparut comme un intermède musical trop étendu, et Mlle Doligny, créatrice du rôle, renonça à la chanter après la première représentation. Beaumarchais en conçut bien du dépit, à en juger par sa note (voir p. 131) où il évoque les contraintes dues à la « dignité » sourcilleuse de la Comédie-Française.

De fait, la scène de la Comédie-Française n'était sans doute pas le lieu le plus approprié pour une pièce aussi « musicale » que *le Barbier de Séville*. Mais c'était la scène la plus prestigieuse et par conséquent, aux yeux de Beaumarchais, le lieu obligé de la représentation de sa pièce. Dès lors qu'elle n'était plus un opéra-comique (que seul le Théâtre-Italien pouvait représenter), elle devait être confiée aux Comédiens-Français, comme l'avaient été ses deux drames, *Eugénie* en 1767 et *les Deux Amis* en 1770. Beaumarchais n'eut pas à le regretter : son *Barbier* fut joué par d'excellents acteurs (voir p. 210), eut vingt-huit représentations en 1775 et fut inscrit tout de suite au répertoire.

Les droits des auteurs

Le prestige de la Comédie-Française n'en imposa pas à Beaumarchais au point de lui faire oublier l'aspect financier de l'affaire. C'est à l'occasion du *Barbier de Séville* qu'il protesta contre la condition faite aux auteurs. En principe, depuis 1697, les auteurs touchaient une part des recettes. Mais une clause de cette convention stipulait que si la recette devenait insuffisante deux soirs de suite (au-dessous d'un seuil fixé à 550 livres en hiver, 350 livres en été), la pièce appartenait désormais aux comédiens, qui n'avaient donc plus rien à verser à l'auteur. Pour les comédiens, la tentation était évidemment de faire tomber la recette par une moindre application à jouer la pièce; ils y succombèrent souvent. De toute façon, leurs comptes étaient fort mal tenus et l'auteur n'avait pas les moyens de contrôler l'état des recettes. Beaumarchais, homme d'affaires autant que dramaturge, n'était pas disposé à se laisser gruger. Il prétendit vérifier les comptes du *Barbier* et plaider, par là même, la cause de tous les auteurs. La demande fut, on l'imagine, très mal reçue. Les comédiens firent traîner l'affaire autant qu'ils le purent, puis se résignèrent à un compromis en 1777. Mais le contentieux n'était pas clos : il faudra la Révolution pour que, en 1791, les droits des auteurs soient mieux considérés et que naisse, bien des années plus tard, l'actuelle Société des auteurs et compositeurs dramatiques.

Le Théâtre-Italien

Le Théâtre-Italien ne jouissait pas du même prestige que la Comédie-Française, mais il bénéficiait d'une plus grande liberté de ton et de répertoire. Ces deux théâtres furent, pendant tout le siècle, en concurrence directe. La troupe italienne, expulsée en 1697 par Louis XIV, avait été rappelée dès 1716 par le Régent. D'un répertoire d'abord exclusivement italien, elle était rapidement passée à un répertoire mixte, où alternaient pièces françaises et pièces italiennes, puis à un répertoire français. Elle avait également, au fil des années, fait une place de plus en plus grande à la danse et à la musique, entrant ainsi en concurrence avec l'Opéra-Comique, théâtre de la Foire (des foires Saint-Germain et Saint-Laurent). Finalement, en 1762, ces deux théâtres fusionnèrent; la dénomination « Théâtre-Italien » demeura jusqu'en 1793, date à laquelle lui fut substituée celle d' « Opéra-Comique », plus conforme au répertoire qui s'était imposé dès les années 1760. En 1772, si Beaumarchais se tourne vers le Théâtre-Italien pour faire jouer son premier *Barbier*, c'est parce que sa pièce est un opéra-comique, non encore une comédie.

La troupe italienne avait cependant prouvé depuis longtemps son aptitude remarquable à jouer la comédie, et dans le registre le plus vaste, puisqu'elle représentait aussi bien des farces que les comédies de Marivaux (qui lui réserva l'essentiel de sa production). Le jeu des acteurs était plus varié, moins guindé que celui des Comédiens-Français : la tradition de la commedia dell'arte (spontanéité, expression gestuelle) n'avait jamais été totalement oubliée. Le Théâtre-Italien était, d'autre part, la scène privilégiée du drame bourgeois, le nouveau genre dramatique dont Diderot avait jeté les bases en 1757 *(Entretiens sur le Fils naturel)* et que Beaumarchais lui-même prôna et pratiqua en 1767 et en 1770 (puis encore en 1792 avec *la Mère coupable*). Louis-Sébastien Mercier, autre théoricien du genre, y fit jouer la plus grande partie de ses drames. Le Théâtre-Italien pouvait alors apparaître comme le lieu de la liberté et de la modernité.

Il est donc très significatif que Beaumarchais, malgré tout, ait privilégié la Comédie-Française : c'est à elle qu'il confia ses comédies, comme il lui avait confié ses deux drames. Cette préférence, de la part d'un dramaturge si moderne et si libre, donne la mesure du prestige dont ce théâtre jouissait encore vers la fin du siècle.

Figaro-ci, Figaro-là
(du *Barbier* au *Mariage*)

Dans les deux plus célèbres pièces de Beaumarchais, Figaro est le personnage-titre. Mais, ni dans *le Barbier de Séville* ni dans *le Mariage de Figaro,* il n'est, du moins de façon évidente, le personnage principal : dans les deux cas, la vedette est pour le couple Almaviva / Rosine, d'abord amants rusant pour se marier, puis époux en crise. Il n'est pas non plus le personnage le plus souvent en scène. Il est pourtant celui qui, plus que tout autre, est resté dans la mémoire du public : sa gaieté, son impertinence, son sens de la formule, son goût de l'intrigue ont séduit depuis deux siècles des générations de spectateurs.

Mais, quoique portant le même habit dans les deux comédies, Figaro n'est pas identique à lui-même d'une pièce à l'autre. Il a une histoire dramaturgique.

Dans *le Sacristain,* espèce de parade qui constitue le premier état du *Barbier de Séville,* Figaro est absent : c'est Lindor qui est en même temps l'amoureux et le meneur de jeu. Figaro naît avec l'opéra-comique de 1772 (sous le nom de Figuaro). En inventant ce personnage, dont le nom reste d'origine mystérieuse (contamination de l'espagnol *pícaro,* l'aventurier ballotté par le destin, et de l'expression familière « faire la figue à quelqu'un » pour dire « se moquer »?), Beaumarchais modifie la tonalité générale de son intrigue et passe à un autre genre. Mais Figaro ne naît pas du néant : il est le descendant de l'Arlequin de la commedia dell'arte, des valets de Molière (Mascarille dans *l'Étourdi,* Scapin dans *les Fourberies*), et de ceux de Lesage (Crispin, dans *Crispin rival de son maître,* 1707 ; Frontin, dans *Turcaret,* 1709). Il est aussi, partiellement, une image de Beaumarchais lui-même, avec son dynamisme, sa capacité d'invention, sa vie mouvementée, son goût de la musique et des lettres, ses démêlés avec la censure. L'originalité et la séduction de Figaro tiennent à ce lien privilégié qui l'unit à son créateur.

L'image brouillée de Figaro

Dans *le Barbier de Séville,* Figaro apparaît comme un homme déjà mûr, sinon âgé. Il a tout un passé derrière lui (I, 2). Pour Rosine, il est « un bon homme qui [lui] a montré quelquefois de la pitié » (II, 1), « un bien honnête homme, un bon parent » (II, 3; c'est-à-dire quelqu'un qui se comporte avec elle comme un bon parent). L'existence d'une « petite Figaro » (II, 11 et III, 5) nous pousse également à l'imaginer en homme mûr. Lui-même se dit « un peu déformé » depuis le temps où sa mère le trouvait charmant (III, 5), mais il est vrai qu'ici il vient de singer Bartholo en train de chanter et danser, et peut vouloir faire passer pour une difformité naturelle la contorsion dans laquelle l'a surpris le vieux docteur. Toutefois, le comte, au moment de leur rencontre, évoque sa « tournure grotesque » (I, 2), le découvre « gros » et « gras » *(ibid.).* De fait, Préville, l'acteur qui créa le rôle, et à la totale satisfaction de Beaumarchais, avait cinquante-quatre ans et de fréquentes attaques de goutte. Mais son « habit de *majo* espagnol » (selon la présentation qu'en fait Beaumarchais lui-même) était plutôt conçu pour lui donner l'image fringante d'un jeune élégant. N'est-ce pas du reste ainsi que le présente la *Lettre modérée,* quand nous y lisons qu'il est « la terreur des maris, la coqueluche des femmes »? Cette apparente contradiction s'explique par l'ambivalence du personnage de Figaro : dans la mesure où Beaumarchais l'a créé à son image, il est jeune, séduisant; mais, d'un point de vue dramaturgique, il ne doit pas entrer en concurrence avec le comte, qui a le rôle exclusif de jeune premier; aussi est-il un valet sans âge, à la silhouette sans grâce, mais encore agile, facétieux et inventif comme un jeune homme.

Dans *le Mariage de Figaro,* dont l'action est située trois ans après celle du *Barbier,* le voici singulièrement rajeuni. Il s'apprête à épouser Suzanne, qui l'appelle « mon petit Fi, Fi, Figaro » (I, 1); Marceline, qui l'épouserait volontiers elle aussi, est charmée par « le beau, le gai, l'aimable Figaro » (I, 4). Il est véritablement, dans cette pièce, « la coqueluche des femmes ». Cependant, son image est différente dans le monologue de l'acte V, scène 3 : il dit avoir tout vu, tout usé, évoque sa longue expérience des hommes et de la vie. C'est ici Beaumarchais qui s'exprime à travers son personnage : il le vieillit, l'arrache à son rôle de jeune homme amoureux et insouciant pour projeter sur lui son image d'homme de quarante-six ans, au passé trop fertile en péripéties de toutes sortes pour ne pas en éprouver une immense lassitude.

Figaro n'a pas d'âge. Son rôle n'est pas assujetti à un physique particulier. Les metteurs en scène modernes, cependant, l'incarnent toujours dans un jeune homme, sans doute pour mieux sceller l'alliance de la jeunesse contre la tyrannie du vieux Bartholo.

Une fonction politique équivoque

Dans *le Barbier de Séville,* deux moments sont à cet égard fort distincts. D'une part, celui des retrouvailles entre Almaviva et son ancien valet. Condescendance et forme de mépris chez le premier, acceptation chez l'autre de sa subordination expriment une distance radicale. C'est à ce moment (I, 2) que l'on trouve dans la pièce quelques formules critiques contre l'inégalité sociale. D'autre part, le reste de la pièce : dès la scène 4 de l'acte I, toute distance est abolie (abolition rendue spectaculaire par l'ivresse du peuple que mime le comte) et la verve critique de Figaro s'évanouit. Il est devenu sans effort le complice de son maître dans la conquête de Rosine.

Dans *le Mariage de Figaro,* le comte est l'adversaire déclaré : il convoite Suzanne, la « propriété » de Figaro (le mot est employé deux fois). Leur antagonisme est d'autant plus accentué que le comte exerce une autorité seigneuriale, tandis que Figaro est ici un enfant trouvé, puis bâtard, autrement dit sans importance sociale. Mais Beaumarchais a désamorcé dès sa préface l'éventuelle puissance subversive de la situation en soulignant que Figaro, dans sa lutte contre le comte, est en légitime défense, et que le comte lui-même reste un être respectable, auquel il n'a prêté « aucun des vices du peuple ». De fait, Almaviva n'est ni un sot ni un monstre et il mérite bien, finalement, de retrouver son bonheur conjugal. Dans cette pièce non plus, par conséquent, Figaro n'est pas l'homme de la contestation. Il exprime sans doute une pensée plus développée, plus approfondie que dans *le Barbier de Séville,* mais il n'est pas plus révolutionnaire vers 1780 qu'il ne l'était vers 1770.

De la réussite du « machiniste » à l'échec de l'intrigant

Dans *le Barbier de Séville,* Figaro est un « machiniste » (ainsi l'appelle Beaumarchais dans la *Lettre modérée*) qui a une confiance totale dans « la force de [son] art » : « Je vais, dit-il, d'un seul coup de baguette, endormir la vigilance, éveiller l'amour, égarer la jalousie, fourvoyer l'intrigue et renverser tous les obstacles » (I, 6). En effet, il mène à bien ses entreprises et fait triompher les intérêts du comte.

Dans *le Mariage de Figaro,* il conserve au début de la pièce la même assurance (voir en I, 2 la fin de son monologue et en II, 2 l'affirmation de son talent pour mener « deux, trois, quatre [intrigues] à la fois, bien embrouillées »). Mais il va, dès la fin de l'acte II, se trouver écarté du plan que dresse la comtesse et perdre dans l'acte III la maîtrise des événements. Si, finalement, tout se résout heureusement, ce n'est pas grâce à lui, mais à l'imagination et à la détermination de la comtesse et de Suzanne. Beaumarchais a su renouveler, d'une pièce à l'autre, le rôle de son Figaro.

De la simplicité
à l'approfondissement de Figaro

Beaumarchais a vu dans le réemploi de son personnage la possibilité d'exprimer sa personnalité de façon plus complexe et plus complète.

Dans *le Barbier de Séville,* le Figaro de la scène 2 de l'acte I évoque par bien des aspects Beaumarchais lui-même : « l'amour des lettres » n'est pas pour lui « incompatible avec l'esprit des affaires »; ses démêlés avec les journalistes et la censure sont des allusions discrètes aux propres difficultés de Beaumarchais; et l'un comme l'autre aiment la musique et les chansons. Mais il n'y a place dans cette comédie ni pour l'analyse ni pour la confidence.

Dans *le Mariage de Figaro,* les caractères du barbier sont conservés, excepté son goût pour la composition musicale (Figaro n'est pour rien dans les morceaux chantés de la pièce). Mais l'accent est mis sur la psychologie du personnage et sur sa philosophie née de l'expérience de toute une vie. Il faut, à cet égard, rapprocher la scène 2 de l'acte I du *Barbier* de la scène 3 de l'acte V du *Mariage.* Les deux textes se complètent, c'est-à-dire que le second développe le premier. Par le grand monologue de l'acte V, Beaumarchais installe Figaro dans une durée qui n'est plus théâtrale (limitée aux vingt-quatre heures de la règle classique), mais romanesque : ainsi, le passé de Figaro peut être plus fouillé, mieux détaillé, sa philosophie précisée, sa personnalité éclairée par quelques confidences. Dans cette pièce où Figaro est, comme « machiniste », supplanté par une femme, où il lui arrive d'être ahuri, ridiculement jaloux, il est en même temps une projection plus complète de Beaumarchais lui-même. La contradiction n'est qu'apparente : en affinant l'image de soi, en l'approchant davantage de la vérité, le dramaturge était amené à théâtraliser aussi l'échec et l'humilité devant la puissance du hasard.

Du *Barbier* au *Mariage,* Figaro est donc tout à la fois le même et un autre personnage. Par sa permanence, il procure au spectateur le plaisir de la reconnaissance. Par ses changements, il lui réserve le plaisir de la découverte. Figaro sera présent encore dans *la Mère coupable,* drame représenté en 1792. Il y servira de nouveau, comme dans *le Barbier,* la cause de l'amour et déjouera un projet de mariage contre nature, mais sans sa gaieté ni même son aisance d'autrefois. Hors de la comédie, il n'est plus que l'ombre de lui-même, et Beaumarchais perd aussi, dans l'atmosphère dramatique des années révolutionnaires, une grande part de sa séduction.

Musiques pour *le Barbier*

La musique de la comédie

« Moi qui ai toujours chéri la musique sans inconstance et même sans infidélité », déclare Beaumarchais dans la *Lettre modérée.* De fait, dans ce domaine comme dans beaucoup d'autres, il ne manquait pas de talent. Il avait eu l'honneur en 1759 de donner des leçons de harpe aux filles de Louis XV ; lui-même pratiquait plusieurs instruments et avait composé des chansons. En 1787, il fera représenter avec succès un opéra, *Tarare,* sur une musique de Salieri, avec lequel il collabora étroitement.

Il n'est donc pas étonnant que *le Barbier de Séville* et *le Mariage de Figaro* aient été conçus comme des comédies où la musique est en bonne place. Le premier état du *Barbier* était du reste un opéra-comique (les acteurs du Théâtre-Italien l'avaient refusé en 1772). Beaumarchais en a gardé quelque chose. On a parfois affirmé qu'il était l'auteur de la musique du *Barbier,* qui serait fondée sur des airs espagnols et italiens rapportés d'Espagne lors de son voyage de 1764-1765. Mais, selon une indication de l'*Almanach musical* de 1776, la musique du *Barbier* serait due à Baudron, premier violon de la Comédie-Française. Le fait est assuré pour la musique de l'orage, entre le IIIe et le IVe acte. Pour les chansons, il est très probable que Baudron et Beaumarchais ont travaillé ensemble, celui-là orchestrant les airs que celui-ci avait en tête depuis son opéra-comique.

Les partitions du *Barbier* existent à la Bibliothèque nationale. La présente édition en reproduit une (l'ariette de Rosine, voir p. 206). La musique ne doit pas y être considérée comme un simple intermède : elle est le complément du texte et a une fonction dramaturgique.

Acte I, scène 2

La musique contribue ici à caractériser le personnage de Figaro : sa première apparition est celle d'un homme qui « chantonne gaiement » (selon la didascalie). Si, au dénouement du *Mariage de Figaro,* « tout finit par des chansons », dans *le Barbier,* tout commence par une chanson. Les paroles n'en sont pas directement applicables à Figaro (qui n'est ni paresseux ni buveur), mais le genre de la chanson, une chanson à boire, exprime la gaieté foncière du barbier, son refus de la tristesse, quels que soient les difficultés et les revers de la vie.

Ce n'est toutefois pas un morceau musical achevé. L'effort de composition porte sur les paroles, et l'instrument de Figaro est un crayon, non sa guitare, qui reste « attachée en bandoulière » sur son dos (mais bien peu de metteurs en scène résistent à la tentation de faire chanter Figaro sur les accords de sa guitare); le « large ruban » qui attache cette guitare contribue à en faire un objet décoratif, emblème du chanteur et de l'amant, caractères qui seront en fait ceux du comte (mais Beaumarchais les prête d'abord à Figaro pour mieux suggérer que tout procède de lui). Il ne porte pas les insignes de sa profession de barbier, mais ceux du meneur de jeu dans une intrigue amoureuse où la musique joue son rôle. Quant au crayon et au papier qu'il a en main, ils évoquent plaisamment l'écrivain au travail et projettent ainsi sur Figaro l'image de son créateur.

Acte I, scène 6

Ici, la guitare entre en jeu. Figaro la prête au comte pour qu'il puisse s'accompagner dans sa réponse chantée à Rosine. La musique a été fournie par le papier tombé du balcon (I, 3). La partition montre qu'en fait le comte fait seulement semblant de jouer : c'est l'orchestre qui l'accompagne, en imitant, par le *pizzicato* des cordes, le son de la guitare. La voix elle-même est doublée, selon l'usage de l'Opéra-Comique, par un instrument à vent (flûte ou basson, selon les passages). Cette chanson est bien intégrée dans l'action : son existence même est le signe de la difficulté de communiquer avec Rosine; elle exprime aussi l'enjeu sentimental de la comédie (la musique est le langage du cœur), et, par le mensonge sur le bachelier Lindor, prépare la suite. Elle est également liée à la gaieté de la comédie. D'abord par les interventions de Figaro après chaque couplet : Beaumarchais a fragmenté la continuité du morceau musical, afin de ne pas laisser envahir sa comédie par une tonalité trop sérieuse et trop tendre. Ensuite, par le déguisement du comte, qui introduit une part de jeu théâtral dans le théâtre même.

Pour la réponse de Rosine, Beaumarchais emprunte le début d'une ariette du *Maître en droit,* de Monsigny et Lemonnier (1760). Cet opéra bouffe exploite une situation comparable à celle du *Barbier,* et l'amant y est un bachelier du nom de Lindor. En adoptant ce nom, le comte s'est donc référé le premier au *Maître en droit;* par le choix de sa chanson, Rosine montre qu'elle a compris l'allusion et qu'elle connaît bien, elle aussi, cet opéra bouffe. Cette rencontre sur le plan musical est l'une des manifestations de leur complicité. D'autre part, le procédé de la citation permet à Rosine d'exprimer ses sentiments sans enfreindre les règles de la bienséance. Le spectateur de 1775 partage la même culture musicale et son plaisir vient de cette connivence avec les personnages. Aujourd'hui, où *le Maître en droit* n'est plus connu du public, le metteur en scène devrait logiquement, pour rester fidèle à l'esprit de cette scène, substituer à l'ariette de Rosine un air à la mode, adapté à la situation, et modifier en conséquence le deuxième couplet du comte.

Mais on notera que Beaumarchais n'exploite qu'avec discrétion le procédé de la citation musicale connue. Le couplet est vite interrompu, et il l'est de façon significative, par une fenêtre qui se ferme : l'un des thèmes majeurs de la pièce est ainsi tout de suite réintroduit. La musique paraît ici d'autant moins un ornement qu'elle se trouve étroitement liée à l'enfermement de Rosine.

Acte II, scène 13

Les trois vers du signalement de Bartholo étaient certainement chantés, ou du moins scandés sur le rythme d'un air connu. Sans cette transposition musicale, les propos du comte seraient trop directement injurieux. Mais Beaumarchais ne donne aucune indication, et ce silence est surprenant. La clef du mystère est sans doute dans une note de l'édition de 1809 (note reprise par de nombreuses éditions modernes), donnant comme air de référence celui de « Ici sont venus en personne ». Il s'agit d'une chanson grivoise, assez ancienne, semble-t-il, où les charmes intimes de deux amants sont détaillés à travers des paroles à double entente, donc apparemment innocentes.

Bien qu'on ne sache rien sur la présentation originelle du signalement de Bartholo, il est permis de penser que Beaumarchais n'a pas mentionné cet air sur son manuscrit pour ne pas alerter le censeur et que la précision donnée par l'édition de 1809 est conforme à la tradition scénique. Elle était de nature à amuser beaucoup les spectateurs de l'époque, par le décalage entre la chanson de référence et le portrait de Bartholo, l'évocation érotique et le sujet décrit, dépourvu de tout érotisme.

Beaumarchais n'avait pas à être aussi discret pour l'air des deux couplets qui suivent dans cette même scène. L'air (« Vive le vin ») emprunté au *Déserteur* de Sedaine (1769) est du compositeur Monsigny. Il est chanté dans cette pièce par le soldat Montauciel, personnage que le public avait fort goûté. C'était donc un air bien connu, et l'ivresse simulée du comte pouvait d'autant moins choquer les spectateurs de la Comédie-Française qu'elle évoquait un personnage sympathique. Selon les claires indications de Beaumarchais, le premier couplet est dit « sans chanter »; il faut comprendre que les paroles en sont scandées sur le rythme de l'air; le comte joue l'ivrogne qui a du mal à amorcer son chant : le premier couplet lui sert de tremplin pour chanter le second.

Acte III, scène 4

L'ariette de Rosine est le morceau musical le plus important de la pièce. La partition montre qu'il impliquait la participation de tout l'orchestre, composé de dix-huit musiciens, et d'un joueur de flageolet (espèce de flûte à bec aux sons aigus). La réaction défavorable des spectateurs de 1775, attestée par la note de Beaumarchais, donne la mesure de l'audace qu'il y avait à faire une telle place à la musique sur la scène de la Comédie-Française. Il s'agissait en effet d'un morceau beaucoup plus ambitieux que les précédents, par ses modulations harmoniques, ses reprises de cadence et ses variations mélodiques. Bartholo en témoigne à sa façon, quand il déclare au pseudo-Alonzo : « Est-ce qu'il n'y aurait pas moyen de lui faire étudier des choses plus gaies que toutes ces grandes arias, qui vont en haut, en bas, en roulant, hi, ho, a, a, a, a, et qui me semblent autant d'enterrements ? »

Beaumarchais accordait une grande importance à cette chanson, non seulement parce qu'elle donnait du « plaisir » (pour

Allegro non troppo

Rosine

1° - Quand dans la plaine l'a - mour ra - mè - ne
2° - Loin dans la plaine cet - te ber - gè - re

le printemps Si ché - ri des A - mants
va chantant Où son Amant l'at - tend

Tout re - prend L'Ê - tre Son feu pé -
Par cette ruse, L'a - mour l'a -

nè - tre Dans les fleurs Et dans les jeu - nes
buse; Mais chan - ter Sau - ve t-il du dan -

cœurs On voit les trou - peaux Sor - tir des ha - meaux Dans tout les co -
ger ? Les doux cha - lu - meaux Le chant des oi - seaux, Ses char mes nais -

teaux Les cris des a - gneaux Re - ten - tis - sent;
sants, Ses quinze ou seize ans Tout l'ex - ci - te,

Ils bon - di - ssent, Tout fer - men - te,
Tout l'a - gi - te La pau - vret - te

Tout au - gmen - te; Les bre - bis pais - sent Les fleurs qui
S'in - qui - è - te; De sa re - trai - te, Lin - dor la

nais - sent, Les chiens fi - dè - les veil lent sur el - les Mais Lin - dor en - fla -
guet - te; El - le s'a - van - ce, Lin - dor s'é - lan - ce; Il vient de l'embras-

mé   Ne son - ge guè - re   Qu'au bon-heur d'ê - tre
ser :   El - le, bien ai - se,   Feint de se cou -

ai - mé   De sa ber - gè - re.
rou - cer   Pour qu'on l'a - pai - se.

Les sou - pirs, les soins, les pro - mes-ses, les vi - ves ten - dres-ses,

Les plai - sirs,   Le fin ba - di - na - ge,   Sont mis en u -

sa - ge;   Et bien - tôt la ber - gè - re

Ne sent plus de co - lè - re.   Si quel - que ja -

loux trou - ble un bien si doux nos a - mants d'ac - cord ont un soin ex -

trê - me   De voi - ler leur trans - port;   Mais quand on s'ai -

me,   La gêne ajoute en - cor au plai - sir mê - me.

reprendre les termes de sa note), mais aussi parce qu'elle était en accord avec « le genre de la pièce »; le *Barbier* a « beaucoup perdu » a être amputé de ce morceau. C'est dire qu'il a une nécessité dramaturgique : il répond à la chanson du comte dans l'acte I, également fondée sur la musique de *la Précaution inutile;* d'autre part, il exprime l'amour et le désir dans une situation où la musique seule a cette possibilité d'expression. Il n'y a pas lieu, comme le font parfois les metteurs en scène, de tirer cette chanson vers la caricature. Bien au contraire, elle doit avoir tout le sérieux et tout le charme d'une déclaration d'amour, soutenue en l'occurrence par la puissance évocatrice des instruments à vent et à cordes.

En revanche, la chanson de Bartholo doit être interprétée sur le registre burlesque, en accord avec la danse qu'il esquisse, et que Figaro imite dans son dos pour mieux en faire sentir le ridicule. La partition montre qu'il s'agit ici d'une musique sans complications, mettant en jeu les seuls instruments à cordes, conçue par Baudron sur un modèle musical très démodé en 1775. Tout dans ce morceau doit exprimer le mauvais goût, sinon la vulgarité : nous pouvons en juger par les paroles et la parodie de Figaro; il est plus difficile de l'apprécier à travers la musique elle-même, mais nul doute qu'elle devait concourir à discréditer totalement la déclaration d'amour de Bartholo.

Entracte (entre les actes III et IV)

Avec le « bruit d'orage », Baudron a écrit une musique imitative, cherchant à rendre les sifflements du vent, l'effroi causé par la tempête. Selon l'*Almanach musical* de 1776, elle fut « fort goûtée ». À l'Opéra-Comique, il n'était pas inhabituel d'occuper l'entracte par une musique dans le ton de l'action en cours. À la Comédie-Française, c'était une innovation. Cet orage interprété par l'orchestre est évidemment symbolique de la tension qui s'est installée dans la pièce : Bartholo a tout découvert; l'acte III s'est achevé en affrontement, et la seule perspective est celle, dramatique, d'un enlèvement.

Les musiques de Paisiello et de Rossini

Dès 1782, le succès de la comédie de Beaumarchais fut exploité sur la scène lyrique par Paisiello (1740-1816). Son opéra, *Il Barbiere di Siviglia,* connut à son tour un succès considérable. L'accent y était mis sur le personnage de Bartholo et le ton général était celui de la farce.

Paisiello fit des émules. Quand Rossini, en 1816, tire à son tour un opéra bouffe de la comédie de Beaumarchais, une dizaine d'opéras et un ballet se sont déjà inspirés du *Barbier.* Mais c'est lui, incontestablement, qui donne à la pièce sa plus célèbre adaptation musicale. Le livret de Sterbini allège quelques passages (le récit de la vie de Figaro dans la scène 2 du Ier acte; dans les scènes 6, 7 et 15 du IIe acte; dans les scènes 4, 9 et 12 du IIIe acte; dans les scènes 3 et 4 du IVe acte), mais reste très fidèle à l'économie générale de la pièce.

La seule modification notable concerne la fin de l'acte II (qui correspond à la fin de l'acte I dans l'opéra) : la dispute entre Rosine et Bartholo attire Figaro, Bazile, Berta (nom de la duègne placée auprès de Rosine; elle tient la place de Marceline, mais, à la différence de celle-ci, simplement nommée dans *le Barbier,* elle apparaît sur scène) et même les gens d'armes du guet. Rossini avait ainsi les moyens de terminer son premier acte (son opéra n'en compte que deux) sur des effets vocaux et instrumentaux de plus grande ampleur.

Le titre d'abord envisagé avait été *Almaviva ou la Précaution inutile;* Rossini opta finalement pour le titre bien connu. Mais cette hésitation montre que, dans cette version, le personnage privilégié est le comte. Son rôle est écrit pour un ténor, qui doit faire varier son timbre selon les déguisements du personnage. Tout dans la partition contribue à le mettre en valeur. D'une façon générale, la musique de Rossini traduit avec fidélité la gaieté de la comédie, son rythme et son esprit. L'air de présentation de Figaro, celui de la calomnie ont acquis une célébrité encore intacte aujourd'hui. La musique de Rossini tend toujours à accompagner la lecture de certains passages du *Barbier de Séville*. Loin de brouiller la perception de l'œuvre, elle la rend plus nette et plus séduisante encore.

Quelques interprètes du *Barbier*

À la création de la pièce, en février 1775

Le rôle du comte Almaviva fut créé par Bellecour, âgé alors de cinquante ans (nettement plus âgé donc que Désessarts, qui jouait Bartholo). Mais Bellecour (« ce bellâtre de Bellecour », écrivait Voltaire en 1754) avait de la prestance, une excellente diction et tint avantageusement son rôle. Selon la *Correspondance littéraire* de Grimm (1723-1807), il le fit « avec beaucoup d'intelligence et de noblesse ». Il ne semble donc pas qu'il y ait mis cette désinvolture et cette gaieté que suggère le texte de la pièce à plusieurs reprises.

Le rôle de Rosine fut confié à Louise Doligny, qui avait déjà tenu les rôles de jeune amoureuse dans les deux drames de Beaumarchais. Elle avait vingt-neuf ans, et dans son interprétation mit l'accent sur l'entrain et la vivacité du personnage plus que sur ce que pouvait avoir de pathétique une jeune fille enfermée par son tuteur.

Figaro fut joué par Préville, acteur de grande expérience, âgé alors de cinquante-quatre ans. Aucun metteur en scène actuel n'aurait l'idée de donner ce rôle à un acteur de cet âge. Mais le texte le permet, et Préville fut du reste excellent, aux dires des critiques de l'époque.

Le rôle de Bartholo revint à Désessarts, qui avait alors trente-huit ans. Il était donc, quoique barbon, plus jeune que le comte et plus jeune que Figaro. Mais les témoignages d'époque disent qu'il était très corpulent, obèse. Aussi peut-on imaginer que son physique suffisait à assurer le ridicule de ses prétentions face à Rosine. En ce cas, toutefois, l'intelligence soupçonneuse du personnage devait s'estomper derrière son allure grotesque.

Bazile, incarné par Augé, avait parfaitement le physique de l'emploi : on le décrit en effet comme grand, maigre, ayant un visage expressif où se lisait, écrit un contemporain, « et l'amour de l'intrigue et la soif du butin ». Mais, spécialisé dans les rôles de bouffon, Augé n'était pas tenté de tirer le rôle vers le démoniaque.

En 1990 et 1991, à la Comédie-Française

Cette reprise de la pièce donna lieu à 83 représentations. La 83e était la 1 267e depuis la création de 1775.
La distribution était la suivante :

le comte Almaviva :   Jean-Pierre Michael
Rosine :   Anne Kessler
Figaro :   Thierry Hancisse (et Philippe Torreton en alternance)
Bartholo :   Roland Bertin
Bazile :   Marcel Bozonnet

Mise en scène : Jean-Luc Boutté. Musique : Jean-Marie Sénia. Décors et costumes : Louis Bercut.

Dans cette distribution, Almaviva, Rosine et Figaro sont éclatants de jeunesse. Almaviva et Figaro, lors de leurs retrouvailles (I, 2), semblent plus deux jeunes gens complices que maître et valet. Anne Kessler interprète Rosine avec une gaieté mutine qui tire parfois le rôle vers un comique appuyé (notamment à l'acte II, scène 2). Tous trois s'opposent nettement, par là même, à Bartholo, dont le physique, tout en rondeur, est sans équivoque celui d'un homme de cinquante ans ; mais le jeu de Roland Bertin évite toute caricature : son Bartholo est même plus souvent touchant que ridicule, au point qu'il garde toute sa dignité jusque dans sa chanson : « Veux-tu ma Rosinette » (III, 5). Bazile ici est sans âge, mais l'important est son costume d'abbé, qui le transforme en oiseau noir, parfois inquiétant.

Le décor du premier acte manifeste un souci d'innovation : très dépouillé, il supprime même « les fenêtres de Rosine », avec leurs grilles ; le fond de la scène est un grand panneau bleu, représentant un ciel légèrement nuageux. C'est dire que l'espagnolisme de la rue de Séville n'existe plus et, surtout, que l'image de l'enfermement de Rosine est effacée : quand « la jalousie du premier étage s'ouvre » (I, 3), un nuage coulisse et Rosine, aux côtés de Bartholo, apparaît dans le bleu du ciel. Plus trace de grille ni de jalousie, mais la suggestion d'un espace ouvert. Est-ce vraiment servir le texte ?

Le décor des actes II et III, représentant « l'appartement de Rosine », est plus conventionnel (mais avec des paravents habilement disposés pour mettre en valeur différents jeux de scène), sans respecter cependant « dans le fond du théâtre » la présence d'« une jalousie grillée ».

Celui de l'acte IV est plus dépouillé encore que le premier acte : seule une échelle verticale se dresse à travers une trappe au début de la scène 5 ; seul Figaro y grimpe, aidant le comte à se hisser sur la scène ; sur cette échelle, Figaro va demeurer perché pendant toute la fin de l'acte, se trouvant ainsi mis en vedette.

À la scène dernière, l'alcade et les alguazils surgissent brusquement de trappes ménagées dans le plancher de la scène. L'effet est spectaculaire. Outre son emploi pour l'échelle de Figaro, ce dispositif avait déjà été utilisé dans l'acte II pour les deux scènes (6 et 7) avec La Jeunesse et L'Éveillé : ils apparaissent et disparaissent de leur trou au fil de leurs répliques ; excellente trouvaille pour suggérer la bassesse de leur condition sociale et leur statut de marionnettes.

Selon l'habitude, une musique de scène originale est substituée à celle de Baudron. Elle ne fournit pas seulement les airs des chansons, mais accompagne quelquefois le dialogue (ainsi dans les scènes 1 et 5 de l'acte IV). La musique d'orage, entre les actes III et IV, évite tout caractère imitatif, mais des éclairs simulés dans le décor traduisent ce « temps du diable » que Beaumarchais a voulu pour son dernier acte.

Enfin, Jean-Luc Boutté a intégré dans les dialogues des passages empruntés à des états antérieurs du manuscrit, non retenus par Beaumarchais. Ainsi, notamment, pour la scène 4 de l'acte III, le dialogue entre Almaviva et Bartholo sur Palézo / Cascario (voir les variantes, p. 184). Il est vrai que ce morceau est savoureux et que, s'il retarde un peu le début de la leçon de musique, il remporte un franc succès auprès du public.

Le Barbier et la critique

L'accueil fait à la pièce en 1775

Favorable

La *Correspondance littéraire* commencée par Grimm de 1753 à 1773, puis poursuivie par Meister, est très élogieuse.

« Cette pièce est non seulement pleine de gaieté et de verve, mais le rôle de la petite fille est d'une candeur et d'un intérêt charmants. Il y a des nuances de délicatesse et d'honnêteté dans le rôle du comte et dans celui de Rosine, qui sont vraiment précieuses, et que notre parterre est loin

de pouvoir sentir et apprécier... » Et il précise quelques jours plus tard :
« Cette comédie, sans être du meilleur genre, sans avoir non plus la
verve et la folie des farces de Molière, n'en est pas moins l'ouvrage d'un
homme de beaucoup d'esprit. Le dialogue en serait plus facile et plus
vrai s'il n'avait pas trop l'air de courir après le mot ; mais plusieurs de ces
mots sont fins et plaisants. Il y a quelques situations très bouffonnes.
Toute l'intrigue est liée avec adresse, et le dénouement en est ingénieux.
La scène d'imbroglio où Basile semble arriver pour déconcerter tous les
projets du comte Almaviva et où l'on intrigue si bien qu'il ne sait plus
qui l'on veut tromper, est une des plus excellentes scènes qu'il y ait au
théâtre, et l'idée en est tout à fait neuve. »

La réaction du *Mercure de France,* dans son numéro de mars, est
tout aussi positive.

Cette comédie est un imbroglio comique où il y a beaucoup de facéties,
d'allusions plaisantes, de jeux de mots, de lazzis, de satires grotesques,
de situations singulières et vraiment théâtrales, de caractères originaux,
et surtout de gaieté vive et ingénieuse.

Défavorable

Le *Journal encyclopédique* (auquel Beaumarchais répond
longuement dans sa *Lettre modérée*) critique, dans son numéro du
mois de mai, la faiblesse du plan et des caractères :

Il sera difficile de tracer un plan de cette comédie parce qu'elle en a peu
et n'offre en général que des scènes liées presque au hasard, à la
manière de ces canevas italiens où l'on ne consulte ni vraisemblance ni
aucune des unités ni morale naturelle... On trouve à la jeune personne
tous les défauts d'une fille mal élevée ; l'amant paraît s'avilir par un des
personnages qu'il joue ; le tuteur, qui d'abord pénétrait tout, se laisse
attraper comme un imbécile ; Figaro ressemble à tout ; rien n'est lié, rien
n'est conduit.

Le journaliste ne peut tout de même s'empêcher de reconnaître, à la fin :

Malgré cela, on rit à cette pièce autant qu'à celle d'*Arlequin valet, juge
et prévôt,* et c'est probablement ce que demandait l'auteur, si célèbre par
d'autres écrits, dont le mérite brillant ne peut être contesté.

Dans la *Correspondance littéraire secrète,* à la date du 25 février, Métra juge sévèrement la première représentation du *Barbier* (mais on sait que ce fut en effet un échec, auquel remédia tout de suite Beaumarchais).

Tout le comique prétendu de cette pièce consiste en quelques bons mots de la plus grande trivialité ; elle est remplie de plaisanteries plates, de bouffonneries grivoises et même de pensées très répréhensibles. On y reproche à une femme d'avoir prêté l'oreille aux tendres discours d'un homme décrié, elle répond : « Enfin c'était un homme. » Un personnage demande à un autre s'il est vrai qu'il ne croit point à la sagesse : « Non, car c'est une femme. Je ne confierais pas, dit Bartholo, ma femme à mon frère ni ma bourse à mon père », etc.

Quant à la marquise du Deffand, dans une lettre au romancier Horace Walpole du 27 février 1775, elle déplore la réussite d'une comédie de si mauvais goût :

J'étais à la comédie de Beaumarchais ; on la répétait pour la seconde fois ; à la première elle fut sifflée ; pour hier elle eut un succès extraordinaire ; elle fut portée aux nues ; elle fut applaudie à tout rompre, et rien ne peut être plus ridicule, cette pièce est détestable... le goût est entièrement perdu !

Jugements d'aujourd'hui

Des deux comédies de Beaumarchais, c'est *le Mariage de Figaro* qui attire le plus l'attention de la critique. *Le Barbier* pâtit de cette ombre portée. Les jugements spécifiques qu'il a suscités sont bien moins nombreux qu'on ne pourrait le penser. Mais, dès le début du xxᵉ siècle, Lanson a bien souligné, dans son *Histoire de la littérature* (1909), l'importance historique du *Barbier* :

Enfin l'on sortait des ridicules de salon, des fats, des coquettes, du cailletage [bavardage] ! On en sortait par un retour hardi à la vieille farce, à l'éternelle comédie. Un franc comique jaillissait de l'action lestement menée à travers les situations comiques ou bouffonnes que le sujet contenait, des quiproquos, des travestis, de tous ces bons vieux moyens de faire rire, qui semblaient tout neufs et tout-puissants. Sur tout cela, l'auteur, se souvenant de sa course romanesque au-delà des Pyrénées, avait jeté le piquant des costumes espagnols, dont le contraste relevait le ragoût parisien du dialogue. Ce dialogue était la grande nouveauté, la grande surprise de la pièce : il en faisait une fête perpétuelle.

Le dénouement

Pour Jacques Schérer, Beaumarchais a dû, pour dénouer son intrigue, « amollir » l'obstacle que représentait Bartholo.

L'obstacle du *Barbier de Séville* est le plus résistant de tous ceux que Beaumarchais a imaginés. À la différence du Cassandre de la parade dont il est issu, et qui est en général un imbécile facile à berner, Bartholo est intelligent, méfiant, rusé, et il lutte de toutes ses forces contre ses adversaires. Il est un obstacle fort dur. Comment donc Beaumarchais l'a-t-il éliminé ? [...]

Dans un manuscrit de la pièce, Figaro disait à Bartholo : « Si vous n'aviez pas été chercher ces messieurs vous-même, on n'aurait pas marié mademoiselle pendant ce temps ; jusque-là, vous vous étiez assez bien conduit. » Si Beaumarchais a supprimé ensuite ce passage, c'est peut-être parce qu'il montrait trop clairement l'artifice de ce quatrième acte. [...]

Si les raisons que donne Bartholo pour partir au moment décisif sont faibles, il commet aussi la faute d'être absent trop longtemps. Vers la fin de la scène 6, au plus tard, il est revenu devant sa maison, puisque Figaro s'aperçoit à ce moment-là que l'échelle par laquelle ils sont montés a été enlevée — évidemment par Bartholo. Or, celui-ci ne fait son entrée qu'à la scène 8.

Dans l'intervalle, il y a toute la scène 7 : on y compte une vingtaine de répliques, et des silences : les personnages sont surpris de se rencontrer, Bazile hésite avant de signer ; la scène ne peut se jouer vite. Que fait Bartholo pendant ce temps ? Faut-il si longtemps pour monter un escalier, surtout quand on doit savoir ce qu'on risque ? Ou n'est-il pas retenu par le doigt invisible de Beaumarchais ? Il s'est perdu, dira Figaro à la fin, « faute de sens ». Mais il avait du sens, et beaucoup, dans les trois actes précédents. Beaumarchais, ne pouvant venir à bout de son obstacle, l'a subrepticement amolli pour pouvoir dénouer sa comédie.

Jacques Schérer, la Dramaturgie de Beaumarchais, Nizet, 1954.

Le « jeu du miroir »

« Nous ne sommes pas ici en France, où l'on donne toujours raison aux femmes » [Bartholo, II, 15]. Si l'on croit à la pièce, nous sommes à Séville ; mais si l'on se rappelle qu'elle se joue à la Comédie-Française, nous sommes à Paris. Le spectateur qui réfléchit une seconde à cette phrase prend conscience de sa condition de spectateur. Il est toujours dangereux de dire au public : « Nous ne sommes pas au théâtre » ; parce que, justement, nous y sommes. Mais cette déclaration n'a d'intérêt que sur un théâtre, et dans la bouche d'acteurs. Les auteurs dramatiques qui se sont écartés un instant de leur œuvre pour la voir, et pour la faire voir au public en tant qu'œuvre, ont tous été tentés de dire : « Nous ne sommes pas au théâtre. » Cette prise de conscience est aussi raffinement, plaisir de lucidité, soin d'artiste qui sépare son tableau de la réalité par un cadre protecteur.

Cette frange entre le réel et le fictif, ce cadre qui n'est ni peinture ni réalité, Beaumarchais l'a orné avec amour. Il fait proposer au comte par Bartholo, plus loin, de passer pour maître de musique auprès de Rosine ; procédé usé de la comédie traditionnelle, Beaumarchais le dit par la bouche du comte : « toutes ces histoires de maîtres supposés sont de vieilles finesses, des moyens de comédie ». Mais, en le disant, il fait du spectateur un complice. Celui-ci savoure à la fois la situation de Bartholo, artisan de son propre malheur, et le jeu de reflets dont le comte est l'objet, puisque ce personnage, qui ment, dit qu'il ment et est tenu pour véridique, uniquement parce qu'il s'est référé au pouvoir d'illusion de l'art dramatique.

Jacques Schérer, op. cit.

Relativiser la portée politique de la pièce ?

La place des intentions politiques et sociales dans la dramaturgie de Beaumarchais paraîtra peut-être maintenant justifier l'image qui en a été proposée : ces intentions ne sont que du sel. Allons même jusqu'à dire qu'elles sont du poivre, car si elles ont tant plu au public du temps, c'est en l'échauffant un peu. On a aimé être heurté — mais non choqué. On a été à la fois effrayé et ravi, et ravi parce qu'effrayé. C'est le genre de plaisir que donnait, sur un autre plan, la parade. Mais si ces intentions politiques sont ainsi un condiment d'un spectacle qui veut rester toujours agréable, elles ne sont pas un explosif, pas même un explosif à retardement. Beaumarchais n'a ni voulu ni cru être un précurseur de la Révolution.

Pourtant, l'idée d'un Beaumarchais révolutionnaire naît dès les premières années du XIXe siècle. Napoléon et à sa suite bien d'autres hommes éminents du XIXe siècle, puis du XXe, l'ont exprimée. Étaient-ils tous en proie à une aberration? [...]

En réalité, la différence d'optique, sur ce point, entre le XVIIIe siècle et la période qui a suivi la Révolution s'explique fort bien. On peut en rendre compte en empruntant au XIXe siècle les notions commodes de « droite » et de « gauche » en matière politique. Beaumarchais écrit essentiellement pour un public bourgeois; or, au XVIIIe siècle, la bourgeoisie n'a pas d'ennemi à gauche. Le peuple ne représente pas, aux yeux des bourgeois, une force politique : le théâtre de Beaumarchais montre assez qu'on le tient pour rien. On se trompait, et Robespierre se chargea de montrer qu'une révolution populaire était possible. Après les années de révolution populaire — que Beaumarchais passa à l'étranger —, il devint évident que les critiques adressées par la bourgeoisie à la noblesse pouvaient être utilisées par le peuple contre la bourgeoisie. Devenue la classe dominante, la bourgeoisie héritait de privilèges, mais aussi de faiblesses, de la noblesse d'Ancien Régime. Beaumarchais devenait, après sa mort, dangereux pour elle : en dirigeant sur les ennemis de droite, qui n'étaient d'ailleurs plus très puissants après 1830, des traits, même émoussés, il renforçait la position des ennemis de gauche, qui se révélaient les plus redoutables. La bourgeoisie se mit donc à attribuer au *Barbier* et au *Mariage* une efficacité merveilleuse. Celle-ci aurait fort étonné Louis XVI, qui, pour son temps et pour son régime, avait raison de ne point trop craindre Beaumarchais.

Jacques Schérer, op. cit.

Les personnages vus par un acteur

Michel Etcheverry parle ici du plaisir que les acteurs éprouvent à jouer les personnages du *Barbier,* toujours en mouvement et doués d'un langage éblouissant.

Quand je lis, écoute ou joue une pièce de Marivaux, j'ai le sentiment de voir des personnages qui vivent tout seuls, je ne « vois » pas Marivaux. Une fois qu'il les a placés dans le décor, Silvia, Lisette, Dorante ou M. Orgon ont leur vie autonome et secrète. Il me semble que Marivaux écrit, en quelque sorte, sous leur dictée. Il leur prête son style, non sa volonté. Les personnages du *Barbier,* eux, ne parlent que le

« Beaumarchais ». Mais quelle langue exceptionnelle! Beaumarchais poète dramatique, sûrement pas. Beaumarchais auteur dramatique, je ne sais; mais Beaumarchais dialoguiste éblouissant, oui, sûrement. Il sait faire parler ses héros, même au besoin pour ne rien dire, pour le seul plaisir des mots, et du « mot ». « Je voudrais finir par quelque chose de beau, de brillant, de scintillant, qui eût l'air d'une pensée », dit Figaro dès son entrée de jeu. Il n'est pas de meilleure définition de l'art de l'auteur. J'ai beaucoup de peine à imaginer ce que deviennent les personnages dès qu'ils ont quitté le décor. Je crois qu'ils attendent simplement que l'auteur leur fasse signe de revenir. Et le Figaro, l'Almaviva que vous avez rencontrés sur cette place sévillane, ils seront inchangés à la fin de la pièce. Les personnages de Marivaux me font penser à un kaléidoscope : un mouvement imperceptible, et tout change. Chez Beaumarchais, point de ce genre de problème pour l'acteur : les couleurs sont franches et définitives. Encore faut-il porter la bonne. Mon maître, Jouvet, écrit : « Lorsqu'on joue un personnage de Molière on est nourri par lui. On peut incarner un personnage de Beaumarchais sans subir moralement d'augmentation de poids. »

Mais entre cette aube naissante et cette nuit orageuse, par les voix de Figaro, d'Almaviva, de Rosine, de Bartholo ou de Bazile, Beaumarchais fait assaut d'esprit avec Beaumarchais. Duelliste confirmé pour le malheur de ses adversaires, il invente le plaisir de la réplique, de ce que l'on appelle le « mot d'auteur ». Il le communique à l'acteur, plaisir physique de la respiration, griserie de la vitesse. Jouer Molière ou Marivaux, Corneille ou Racine est d'une autre essence, plus secrète, plus pudique. Avec notre homme, c'est au pas de charge que l'on fait le parcours, avec un dossard. Pour l'acteur (j'en parle par expérience) cela relève du sport, marathon où il faut du jarret et du souffle, car c'est un marathon couru à la vitesse d'un cent mètres — un arrêt, tout s'écroule. La réussite est dans le « montage », comme on dirait aujourd'hui d'un film.

Michel Etcheverry, Préface au *Barbier de Séville,*
Librairie générale française, coll. « le Livre de poche », 1985.

Réticences

Maurice Descotes rappelle l'opinion réservée de Louis Jouvet sur le théâtre de Beaumarchais.

Sans doute Beaumarchais est-il [...] « un fort habile dramaturge », doué d'une « étonnante et prestigieuse magie » pour « nouer et dénouer les intrigues et les imbroglios les plus compliqués ». Sans doute, à l'interpréter, découvre-t-on le plaisir de faire valoir « de belles tirades ». Mais précisément, poursuit Jouvet, « trop de métier nuit ». Pris dans le tourbillon de l'intrigue, les personnages jouent le rôle que leur imposent l'auteur et l'action, personnages d'opéra et de comédies italiennes. « Lorsqu'on joue un personnage de Molière, on est nourri par lui. On peut incarner un personnage de Beaumarchais sans subir moralement d'augmentation de poids. » Comédies trop évidemment brillantes et d'accès trop immédiat, où les protagonistes ne s'auréolent pas de zones d'ombre : « Je n'ai jamais [dit encore Jouvet] avec Beaumarchais aucune intimité. [Or c'est] dans le recueillement de l'intimité de l'auteur que l'on trouve l'explication et le sens de son œuvre [...] [Beaumarchais] est un écrivain de théâtre du plus haut rang ; ce n'est pas, à mon avis, un poète dramatique. »

Maurice Descotes, les Grands Rôles du théâtre de Beaumarchais,
P.U.F., 1974.

Beaumarchais écrivain polémique

Que l'œuvre soit inégale, il serait vain de le nier. Piètre versificateur, Beaumarchais n'attachait sans doute aucune importance aux poèmes d'inspirations variées qu'ont recueillis les différents éditeurs ; le livret de *Tarare,* plus travaillé, n'est guère mieux écrit. Restent la prose et le dialogue dramatique, tous deux de premier ordre, et, avant tout, les mémoires contre Goëzman et les deux chefs-d'œuvre espagnols, *le Barbier de Séville* et *le Mariage de Figaro.* Si l'on voulait établir à tout prix un rapport entre des ouvrages si dissemblables par les genres et les intentions, on pourrait remarquer qu'il s'agit là d'écrits polémiques ; que l'homme d'affaires lutte dans sa vie et de sa plume contre La Blache ou le juge Goëzman ; que l'auteur dramatique dresse les uns contre les autres ses personnages, la jeunesse contre la vieillesse qui veut jouir d'elle, le couple de serviteurs contre un maître qui abuse de son autorité. « Ma vie est un combat », avait-il coutume de dire ; il aurait pu le dire tout aussi bien de son œuvre.

Pierre Larthomas, Œuvres de Beaumarchais,
Gallimard, « Bibliothèque de la Pléiade », introduction, 1988.

Avant ou après la lecture

Exposés

1. L'art de l'exposition dans *le Barbier*.
2. La couleur locale.
3. Le déguisement.
4. La portée politique et sociale de la pièce.
5. Les didascalies.
6. Le personnage de Bartholo.
7. Le personnage de Bazile.

Commentaires composés

1. Acte I, scène 2 (les procédés de la satire; comment Beaumarchais réussit-il à animer cette scène statique?).
2. Acte II, scène 15 (analyse du renversement de situation).
3. Acte III, scène 11 (analyse des didascalies; le ressort du comique).
4. Acte IV, scène 6 (analyse des sentiments successifs de Rosine et de leurs raisons).

Dissertations

1. Le critique Michel Delon écrit à propos du *Barbier* : « C'est la victoire de la poésie qui l'emporte sur la platitude de la vie. » Discutez cette opinion.
2. Louis Jouvet conclut ainsi son jugement sur Beaumarchais : « C'est un écrivain de théâtre du plus haut rang; ce n'est pas, à

mon avis, un poète dramatique. » Expliquez la distinction faite par Jouvet et montrez dans quelle mesure ce jugement peut être confirmé par *le Barbier*.

3. Selon Philippe Van Tieghem, « le Figaro du *Barbier* tire son charme de ses imprudences mêmes ; il frôle à chaque instant la catastrophe. C'est miracle que ses calculs réussissent ». Dans quelle mesure cette appréciation correspond-elle à votre lecture de la pièce ?

4. Pour Philippe Van Tieghem, le baroque se caractérise par « la primauté du paraître sur l'être »; c'est pourquoi *le Barbier,* où règnent déguisements et mensonges, est, selon lui, une pièce baroque. Le jeu du paraître et de l'être est-il, dans *le Barbier,* de nature à confirmer l'opinion de ce critique ?

5. Discutez ce jugement du critique italien E. Giudici : « Loin de préparer un avenir — et c'est à la fois sa limite et sa force —, *le Barbier* conclut, et nous aimerions dire qu'il couronne délicatement, un passé dont il a rassemblé en lui la quintessence. Sa poésie est crépusculaire. »

Lectures et mises en scène

Après avoir lu attentivement les indications données par Beaumarchais, essayez de mettre en scène
a) I, 3 (Bartholo et Rosine : le papier tombé dans la rue) ;
b) II, 14 (la difficile remise de la lettre) ;
c) II, 15 (les ruses de Rosine pour dissimuler la lettre) ;
d) III, 12 (la scène de la barbe et son échec).

Ouvertures

1. En vous inspirant des illustrations de ce volume, ou des indications données par Beaumarchais sur ses personnages (p. 56), dessinez les costumes de la pièce.

2. Figaro est barbier et chirurgien ; Bartholo est médecin ; le texte de la pièce donne un aperçu sur les pratiques médicales de l'époque : faites une enquête méthodique sur l'état de la médecine au XVIIIe siècle.

Bibliographie, discographie

Édition de référence

Le texte adopté dans la présente édition est celui qu'a retenu Pierre Larthomas pour son édition de la pièce dans la Bibliothèque de la Pléiade (Gallimard, 1988), sauf sur un point : « Réveillons-là », au début de la scène 12 de l'acte II (voir p. 105). Il s'agit du texte donné de dernière des éditions faites en 1775.

Le théâtre et la comédie

Daniel Couty et Alain Rey (sous la direction de), *le Théâtre,* Bordas, 1980.

Roger Guichemerre, *la Comédie classique en France,* Presses universitaires de France, coll. « Que sais-je ? », 1978.

Pierre Larthomas, *le Théâtre en France au XVIIIe siècle,* Presses universitaires de France, coll. « Que sais-je ? », 1980.

Patrice Pavis, *Dictionnaire du théâtre : termes et concepts de l'analyse théâtrale,* Éditions sociales, 1980, édition revue et augmentée en 1986.

Anne Ubersfeld, *Lire le théâtre,* Éditions sociales, 1977.

Pierre Voltz, *la Comédie,* A. Colin, coll. « U2 », 1964 (voir notamment le chapitre IV : « Tradition et formules nouvelles », p. 95-128).

Beaumarchais et son œuvre

Gabriel Conesa, *la Trilogie de Beaumarchais, écriture et dramaturgie,* Presses universitaires de France, 1985.

Maurice Descotes, *les Grands Rôles du théâtre de Beaumarchais,* Presses universitaires de France, 1974.

René Pomeau, *Beaumarchais,* Hatier, coll. « Connaissance des lettres », 1956, rééd. 1967.

Philip Robinson, « la Musique des comédies de Figaro : éléments de dramaturgie », *Studies on Voltaire and the Eighteenth Century,* n° 275, Oxford, The Voltaire Foundation, 1990. La partition reproduite dans ce volume est extraite de cet article, ainsi que quelques informations musicologiques utilisées dans les annexes, p. 201 à 210.

Jacques Schérer, *la Dramaturgie de Beaumarchais,* Nizet, 1954.

Philippe Van Tieghem, *Beaumarchais par lui-même,* le Seuil, coll. « Écrivains de toujours », 1960.

Le Barbier de Séville

L'Avant-scène, Théâtre, n° 457, 1er octobre 1970.

E. J. Arnould, *la Genèse du Barbier de Séville,* Minard, 1965.

André Roussin, « les Grandes Premières : *le Barbier de Séville* », *Conferencia,* 15 septembre 1950.

Partitions du *Barbier*

Les partitions du *Barbier de Séville* sont disponibles à la Bibliothèque nationale, au département de la musique, aux références suivantes : Rés. F 1124 et Vmc^{G159}.

Discographie récente

Il Barbiere di Siviglia, opéra de Giovanni Paisiello (1782), Hungaria State Orchestra dirigé par Adam Fischer, avec Krisztina Laki (Rosine), Dénes Gulyás (Almaviva). 2 disques compacts Hungaroton HCD 12525-26-2.

Il Barbiere di Siviglia, o Almaviva ossia l'inutile precauzione, opéra de Gioacchino Rossini (1816) sur un livret de Sterbini; orchestre de l'Academy of St. Martin-in-the-Fields, dirigé par Neville Marriner; The Ambrosian Opera chorus; avec Francisco Araiza (Almaviva), Agnès Bultsa (Rosine), Thomas Allen (Figaro), Domenico Trimarchi (Bartholo), Robert Lloyd (Basile). 3 disques compacts Philips.

Il Barbiere di Siviglia, opéra de Rossini; London Symphony Orchestra, dirigé par Claudio Abbado; The Ambrosian Opera Chorus; avec Luigi Alva (Almaviva), Teresa Berganza (Rosine), Hermann Prey (Figaro), Enzo Dara (Bartholo), Paolo Montarsolo (Basile). 3 disques compacts Deutsche Grammophon et le livret de Sterbini.

Petit dictionnaire
pour commenter
le Barbier de Séville

accumulation *(n.f.) :* effet d'entassement, soit dans le domaine linguistique (l'énumération, par exemple), soit dans le domaine scénique (succession rapide de péripéties).

actant *(n.m.) :* un actant peut être un personnage, mais peut être aussi une abstraction, un groupe de personnages ou un personnage collectif ayant une action effective dans le déroulement de la pièce. On distingue habituellement six types d'actants : le destinateur, le destinataire, l'objet, le sujet, l'adjuvant, l'opposant (voir ces mots).

action *(n.f.) :* série des événements qui constituent la trame de l'histoire représentée. Elle est à distinguer de l'intrigue (voir ce mot).

adjuvant *(n.m.) :* actant qui aide un sujet dans sa recherche d'un objet (voir ces mots). Ex. : Figaro est l'adjuvant du sujet Almaviva.

aparté *(n.m.) :* paroles que le personnage s'adresse à lui-même, et qui, par convention, ne doivent pas être entendues par les autres personnages en scène, tout en étant perçues par le public. Ex. : « Figaro, *à part.* Fort bien. *(Haut.)* Mais il a un grand défaut » (II, 2). L'aparté est à distinguer du monologue (voir ce mot).

archaïsme *(n.m.) :* emploi d'un mot ou d'une expression qui n'est plus en usage. Ex. : dans la *Lettre modérée,* l'emploi du mot « benoît », à la ligne 54, est un archaïsme.

auxiliaire *(n.m.) :* personnage qui apporte son aide (voir « adjuvant »).

badinage *(n.m.)* : propos légers dits sur un ton plaisant.

barbon *(n.m.)* : vieillard affligé de quelque ridicule. Ce mot s'emploie notamment pour désigner au théâtre les rôles de vieillard amoureux et jaloux.

commedia dell'arte *(n.f.)* : genre de comédie appartenant à la tradition italienne, où, à partir d'un canevas, les acteurs improvisaient jeux de scène, bouffonneries, répliques.

coup de théâtre : événement inattendu qui bouleverse d'un coup la situation théâtrale et relance l'intérêt du spectateur.

dénouement *(n.m.)* : péripétie finale résolvant le conflit qui était à la base de l'intrigue. Ex. : le mariage du comte et de Rosine rendu possible par l'arrivée trop tardive de Bartholo.

destinataire *(n.m.)* : actant qui doit recevoir l'objet (voir ces mots). Dans *le Barbier,* il y a deux destinataires : Almaviva et Bartholo, qui sont en position de sujets rivaux (voir ce mot).

destinateur *(n.m.)* : actant (voir ce mot) qui est à l'origine de l'action. Dans *le Barbier,* le destinateur est l'amour (ou Éros), dans le cas d'Almaviva, peut-être aussi dans celui de Bartholo, à moins que l'on ne juge que le barbon est mû par le désir d'accaparer les biens de Rosine ; en ce cas, le destinateur serait l'argent.

deus ex machina *(n.m.)* : littéralement, « le dieu descendu d'une machine »; cette expression désigne un personnage qui, à la fin d'une pièce, apparaît de façon inattendue pour permettre le dénouement ; elle peut désigner aussi un subterfuge employé par l'auteur pour dénouer plus ou moins artificiellement son intrigue. Dans *le Barbier de Séville,* la sortie absurde de Bartholo au quatrième acte, laissant le champ libre à ses adversaires, est un deus ex machina.

didascalie *(n.f.)* : indication de jeux de scène, de décor, d'effet(s) de lumière ou de bruit, nom de lieu et de personnage, information placée par l'auteur en marge du texte théâtral (généralement imprimée en italique).

dramaturgie *(n.f.)* : technique de l'art dramatique, fondée sur la mise en œuvre d'un certain nombre de règles.

drame (bourgeois) : nouveau genre théâtral apparu au XVIIIe siècle, se situant entre la tragédie et la comédie et s'efforçant de représenter le monde contemporain dans toute sa vérité, avec une prédilection pour les scènes pathétiques (de nature à émouvoir le spectateur).

ellipse *(n.f.)* : suppression, pour abréger ou créer un effet de raccourci, de mots dans une phrase ou de séquences dans un récit. Ex. : « Et si vous servez bien mon projet en lui cachant mon nom... Tu m'entends, tu me connais... » (I, 6).

espace scénique : espace de la scène visible par le public, dans lequel se déplacent et se placent les personnages.

exposition *(n.f.)* : présentation des informations, au début de la pièce, nécessaires au spectateur pour comprendre la situation initiale et suivre l'action qui s'engage. Ex. : la première scène du *Barbier* est une scène d'exposition.

farce *(n.f.)* : pièce de théâtre mettant en jeu un comique élémentaire, parfois grossier; ce genre fut très goûté jusqu'au XVIIIe siècle.

imbroglio *(n.m.)* : situation complexe, voire confuse, par l'entremêlement des fils de l'intrigue. Bazile, par exemple, dans la scène de la stupéfaction (III, 11), se trouve en plein imbroglio. Dans la *Lettre modérée,* Beaumarchais emploie la forme francisée : « imbroille ».

intermède *(n.m.)* : littéralement, « ce qui est placé entre ». Au théâtre, divertissement, souvent musical, joué entre deux actes, ou deux pièces. Dans une acception plus large, scène ou suite de scènes apparaissant comme une parenthèse dans l'action.

intrigue *(n.f.)* : ensemble des moyens mis en œuvre par les personnages pour surmonter les obstacles qui s'opposent à leur désir. Ainsi, l'intrigue du *Barbier* est l'affrontement entre Bartholo, qui veut épouser Rosine et s'emploie à la tenir enfermée, et Almaviva, qui par mille ruses cherche à la conquérir. L'intrigue est à distinguer de l'action (voir ce mot).

ironie *(n.f.)* : procédé d'expression qui suggère le contraire de ce que l'on dit, dans un esprit de moquerie souvent malveillant. Ex. : « vous êtes malin! » pour dire : « vous êtes bête ».

métaphore *(n.f.)* : comparaison entre deux objets (concrets ou abstraits) qui reste implicite. Ex. : « Souvenez-vous, madame, que le vent qui éteint une lumière allume un brasier, et que nous sommes ce brasier-là » (II, 2).

monologue *(n.m.)* : discours tenu par un personnage seul en scène. À la différence de l'aparté, il s'agit d'un morceau de quelque étendue, et destiné à être perçu sans artifice par le spectateur. Ex. : l'acte II du *Barbier* est encadré par deux monologues de Rosine.

néologisme *(n.m.)* : emploi d'un mot nouveau ou dans un sens nouveau.

objet *(n.m.)* : actant recherché par le sujet (voir ces mots). Dans *le Barbier,* l'objet est Rosine.

opéra-comique *(n.m.)* : genre théâtral mêlant les airs chantés et les dialogues parlés, selon une proportion qui a évolué au cours du XVIIIe siècle.

opposant *(n.m.)* : actant qui entrave le sujet dans sa recherche d'un objet (voir ces mots). Bartholo et Bazile sont des opposants au sujet Almaviva.

parade *(n.f.)* : suite de scènes burlesques, volontiers grossières, conçues à l'origine pour racoler les spectateurs à la porte des théâtres forains, et devenues un divertissement de société sur les scènes privées (voir « théâtre de société »).

péripétie *(n.f.)* : événement imprévu surgissant dans l'action, mais de moindre importance que le coup de théâtre et n'ayant pas la valeur conclusive du dénouement (voir ces mots). Ex. : l'arrivée inopinée de Bazile, acte III, scène 11.

polémique *(n.f. et adj.)* : comme substantif, ce mot désigne un affrontement (verbal ou écrit) entre deux opinions différentes; comme adjectif, il désigne une attitude critique, voire agressive.

rôle *(n.m.)* : fonction théâtrale stéréotypée (le rôle du valet, du jeune premier, etc.). Le mot désigne aussi l'ensemble des répliques dites par un acteur (on dit : « apprendre son rôle »).

satire sociale : critique, faite généralement de façon plaisante, des ridicules ou des tares d'une société.

sentence *(n.f.)* : phrase exprimant avec force une pensée, le plus souvent dans le domaine moral. Ex. : « Aux vertus qu'on exige dans un domestique, Votre Excellence connaît-elle beaucoup de maîtres qui fussent dignes d'être valets? » (I, 2).

sujet *(n.m.)* : actant qui désire un objet (chose, bien, personne) et s'emploie à le conquérir. Dans *le Barbier,* deux sujets sont rivaux : Almaviva et Bartholo.

théâtre de société : au XVIIIᵉ siècle, petit théâtre privé, installé dans un hôtel particulier, une gentilhommière ou un château, où des amateurs (propriétaires des lieux et invités) jouaient des pièces de théâtre souvent écrites spécialement pour ce type de divertissement (voir « parade »). Beaumarchais s'initia au plaisir du théâtre et à la dramaturgie grâce au théâtre de société du financier Le Normant d'Étiolles.

Collection fondée par Félix Guirand en 1933, poursuivie par Léon Lejealle de 1945 à 1968 puis par Jacques Demougin jusqu'en 1987.

Nouvelle édition
Conception éditoriale : Noëlle Degoud.
Conception graphique : François Weil.
Coordination éditoriale : Emmanuelle Fillion et Marianne Briault.
Coordination de fabrication : Marlène Delbeken.
Documentation iconographique : Nicole Laguigné.
Schéma p. 11 : Thierry Chauchat.
Gravure musicale p. 206-207 : Éric Dillard informatique.

Sources des illustrations
Bernand : p. 92, 123.
Bulloz : p. 4, 5.
Jean-Loup Charmet : p. 20.
Enguerrand : p. 65, 68, 84, 134, 155.
Larousse : p. 98, 174.
Élise Palix : p. 8.
Roger-Viollet, collection Viollet : p. 18, 22, 58.

COMPOSITION : OPTIGRAPHIC.
IMPRIMERIE HÉRISSEY. - 27000 ÉVREUX. - N° 75294.
Dépôt légal : Mai 1992. N° de série Éditeur : 19153.
IMPRIMÉ EN FRANCE *(Printed in France)*. 871030. O - Décembre 1996.